· 小氣財神 ·

彰顯寬容與愛的狄更斯經典

A Christmas Carol

In Prose, Being a Ghost-Story of Christmas

查爾斯・狄更斯 Charles Dickens ——著　　陳榮彬——譯

導讀

狄更斯的社會批判與寫實主義

關心社會疾苦的狄更斯

查爾斯．狄更斯（Charles Dickens）是十九世紀英國維多利亞時代最受歡迎的小說家，而他在英國文學史上的地位，常有人說是僅次於劇作家莎士比亞。細究其中緣由，除了因為他的小說以連載方式創作，故事往往被他寫得高潮迭起，讀者被吊盡胃口，另一個重要原因就是他的小說具有極其濃厚的社會性，以關心一般民眾疾苦作為主軸。

在狄更斯年僅十二歲時，他的父親約翰因為欠債而被關進當時惡名昭彰的「債務人監獄」（debtors' prison），或許這對他的小小心靈造成了巨大衝擊，因此他長大後的創作往往對於窮人表達同情，批評有錢人的無情，以及政府與法律體制的諸多弊端。

舉例說來，像是《孤雛淚》（*Oliver Twist*，一八三七年）關心倫敦市大批貧苦無依的孤兒，《塊肉餘生錄》（*David Copperfield*，一八四九年）與《荒涼山莊》（*Bleak House*，一八五二年）披露司法體系的諸多荒謬之處，至於以法國大革命為歷史背景的《雙城記》（*A Tale of Two Cities*，一八五九年）也是嚴詞批判腐敗的法國貴族階級。

當然，因為狄更斯曾當過律師助理與報導法院案件的記者，見多識廣的他向來不缺創作題材，這種批判風格也讓他成為十九世紀英國文學批判寫實主義（Critical Realism）的主要代表人物之一。現實社會中，狄更斯更是常常為了關懷弱勢而出錢出力，舉例來說，他曾出資成立一個幫助女罪犯與性工作者能重返社會的中途之家，名為「烏拉妮雅小屋」（Urania Cottage），並且經營了十二年之久。

《小氣財神》的社會議題

一八四三年出版的《小氣財神》（*A Christmas Carol*，或譯「聖誕頌歌」）雖然篇幅不長，只能算是中篇小說，卻是狄更斯的作品中對這世界影響最大的。維多利亞時代因為社會普遍世俗化，欠缺宗教情懷，聖誕節的宗教意義與濟弱扶貧精神早已遭到世人淡忘。小說中的主角艾本尼澤・史顧己（Ebenezer Scrooge）雖然被描寫得一毛不拔，對親情麻木不仁、嚴肅冷酷，但在某方面可說是社會上許多民眾的寫照，因為狄更斯認為當時英國人普遍對於貧病弱小者欠缺應有的關懷。他也透過史顧己的外甥佛列德之口，把他心目中的聖誕節說了出來：

> 我總認為聖誕節是個好時節，姑且不論它的名稱與起源有多麼神聖，值得尊敬。這是一個用來行善、寬恕與布施的快樂時節。就我所知，一年到頭也只有這一天，男男女女都同意應該盡情敞開原本封閉的胸懷，把日子過得較差的人當成一起邁向人生旅途終點的同伴，而非不同道路上的不同生物。

相較於佛列德的好心腸，他舅舅史顧己在被問及要不要響應捐款時，居然說有監獄和救濟院就夠了，這類機構足以收留窮人；至於那些因為救濟院的生活條件惡劣而不願入住的，史顧己更是直言不諱：「那就任由他們吧，剛好減少一些多餘人口。」在狄更斯看來，這種人的心態大概不只鐵石心腸，根本就是過於惡毒了吧？

《小氣財神》詳盡記錄維多利亞時代的社會

《小氣財神》是個生動無比的故事，內容敘述史顧己在聖誕夜（聖誕節當天凌晨）被三個幽靈分別帶往過去、現在與未來，讓他能夠以不同角度來看待自己與身邊的人。尤為重要的是，他因為看到他的員工鮑伯．克拉奇的小孩小提姆天真無邪而惹人憐愛（小提姆是個跛子），心境開始有了一百八十度的大改變。

除了把故事寫得活靈活現，閱讀《小氣財神》時的另一個樂趣是欣賞狄更斯如何記錄維多利亞時代的生活細節。愛爾蘭小說家喬伊斯（James Joyce）曾說，如果都柏林被毀滅了，可以按照他在小說《尤利西斯》（*Ulysses*）裡的紀錄，原封不動地重建出來。這句話當然言過其實，反映出喬伊斯喜愛誇大的個性，但也說明了許多作家在描寫景物時的巨細靡遺。

狄更斯也不例外，他除了把當時很多「客廳遊戲」（parlor games）寫進小說裡，就連熱鬧歡樂的跳舞場景也描寫得非常詳細。以下是史顧己回到自己的年輕時光，看見老闆老費舉辦的家庭舞會：

> 大家又跳了幾支舞，玩了幾輪「沒收衣物」的遊戲，然後又跳起舞來。他們享用蛋糕與熱甜酒，還有冷的烤肉與水煮肉各一大塊，此外也有碎肉派與大量啤酒。吃完烤肉和水煮肉之後，

提琴手開始演奏舞曲〈羅傑・柯維利爵士〉，真正的「主菜」才出現（別忘了，這位提琴手像狗一樣精明啊！他可是箇中好手，比你我都了解該演奏什麼樂曲）。

老費站出去與費太太共舞。現在換他們領頭了，這可不是輕鬆的事；跟著一起下場的舞伴有二十三、四對之多，都不是那種隨便跳舞的人，比起走路，這些人更懂跳舞。

但是狄更斯同樣利用當時倫敦人對宴會的重視，突顯出街上許多窮人連吃都吃不飽、根本沒機會舉辦或參加宴會的強烈對比。例如在第一章他寫道：「大街上，巷道的轉角處有幾個工人在修理煤氣管路，他們燒了一盆大火。一群衣衫襤褸的男子與少年聚在四周，他們很高興可以伸手取暖，雙眼在火焰前面眨個不停。」但與此同時，倫敦市市長卻

「在氣派官邸中對他的五十個廚子與管家下令，叫他們操辦過節事務的時候，要維持住官邸應有的派頭。」兩相對照，實在極為諷刺。

狄更斯的語言

狄更斯的用語向來以活潑著稱，他曾寫出許多令人反覆引述的雋語（例如《雙城記》開頭就這麼說：「這是最好的時代，也是最壞的時代……這是光明的季節，也是黑暗的季節……」），更重要的是，他常使用一些妙喻來增加語言的魅力，例如「老馬利跟一根門釘似的死透了」（馬利是史顧己的合夥人，文章一開始便聲明他已經死了七年；"dead as a doornail" 是英文諺語，表示千真萬確地死了）；而在描述史顧己的外貌時，他說：

從頭上到眉毛，再到他那硬梆梆的下巴，全都結著冷霜。不管他到哪裡，四週的溫度都會馬上變低；大熱天時辦公室也會因為他而冰冰涼涼，就算到了聖誕節，室溫也不會高個一兩度。

這樣冷冰冰的人物如果說是個一毛不拔的有錢人，的確挺有說服力的。而且在他的字裡行間，常常充滿一些對於時政與法律的批判，例如他說國會新法案的法條漏洞大到可以讓一輛六匹馬拉的馬車開過去。在描述史顧己的前女友兒女滿堂的熱鬧情景，他說那些小孩「跟那一首名詩裡的牛群剛好相反，牛群是四十頭安靜得像是只有一頭，但每個小孩卻都像四十個小孩一樣吵鬧」。

最後當史顧己表示要好好善待員工時，他的員工鮑伯認為史顧己瘋了，但狄更斯完全沒有用到「發瘋」一詞，而是說鮑伯「真想用尺把史顧己打倒抓起來，跟院子裡的人呼救，叫人拿一件精神病患穿的緊身衣過來。」像這樣充滿想像力的文字在《小氣財神》中可說俯拾皆是，再再顯示出狄更斯作品能夠歷久彌新，讓人不斷回味的原因。

翻譯狄更斯小說的現代意義

自從一九〇七年上海商務印書館開始出版名作家林紓與譯者魏易合作譯寫的狄更斯小說《滑稽外史》（*Nicholas Nickleby*）以來，狄更斯的許多小說作品在中文出版界屢屢被重新翻譯，一百多年來未曾因為時代久遠而被大家遺忘。

追究此一現象背後的主因，除了狄更斯在現代英國小說的重量級地位，加以亦莊亦諧的親民文字風格之外，我想最主要還是因為他的小說往往帶有強大的正面能量，例如《塊肉餘生錄》與《遠大前程》（*Great Expectations*）都是標準的成長小說，主角少也孤貧，但長大後學有所成。他也有許多作品觸及了人性中悲憫弱者的普遍主題，例如《孤雛淚》就是讓許多讀者讀過後為之一掬同情之淚的經典之作。

至於這一本《小氣財神》，一百多年來更是已被視為了解西方聖誕節精神的必讀之作。主角史顧己經過一番波折之後找回自己的慈悲心腸，體現了「分享」、「謙卑」、「自省」等多重人文價值，或許到了幾百年後，仍是許多中外讀者書架上必備的收藏品。

本文作者為陳榮彬

本書譯者／臺大翻譯碩士學程兼任助理教授

CONTENTS

目錄

前言

Preface

透過這則短短的鬼故事，我想呈現的是我想像出來的鬼魂，這將不至於讓我的讀者跟自己鬧脾氣——氣別人，氣這個時節，或是氣我。希望這本書能讓各位讀者家裡充滿歡樂的鬼魅氣氛，手不釋卷。

您的好友與忠僕　狄更斯

一八四三年十二月

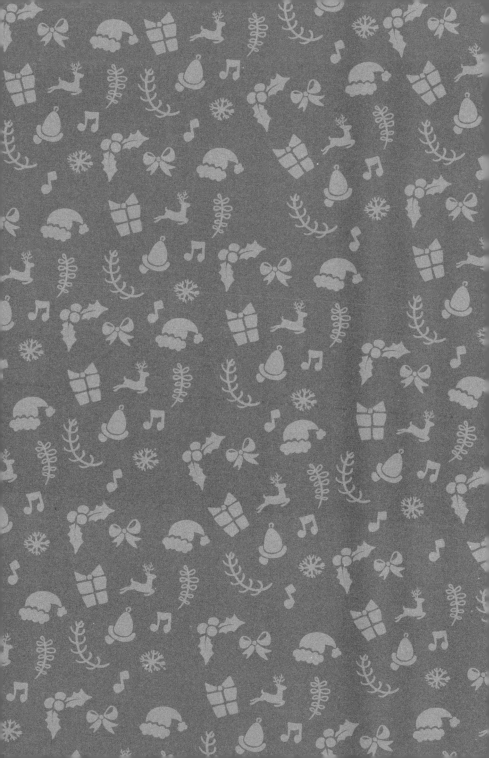

1 馬利的鬼 Marley's Ghost

這故事該從馬利死了開始說起。死透了。葬禮簽名簿上面有牧師、教堂執事、禮儀師與喪主的簽名。史顧己也簽了。只要他肯簽名，「史顧己」這三個字在皇家交易所裡是非常管用的。

老馬利跟一根門釘似的死透了。

注意啊！我的意思不是說我知道門釘與死人有什麼特別相似之處。的確，在所有鐵器裡，棺木釘是最為堅固僵硬的。但老祖宗們發明的這種比喻自然蘊含著某種智慧；如果我隨意加以修改，國家社稷就完蛋了！因此，容我再複述強調一遍：馬利跟一根門釘似的死透了。

史顧己知道他死了嗎？當然知道。不然呢？史顧己跟他合夥的時間久到連我都搞不清楚有幾年。只有史顧己幫著馬利辦後事，充當遺產管理人與受贈人，結清後，馬利一切剩餘的遺產都歸他；史顧己也是死者唯一的朋友與弔唁者。這件事的確悲悽，但史顧己倒沒因此太過憂傷，葬禮當天他還是發揮了不起的生意人本色，讓莊嚴肅穆的儀式得以用最低價舉行。

提到馬利的葬禮，我們就得回到故事開頭的地方。馬利無疑是死了。如果不牢記這一點，等會兒我說的故事就沒有任何奇妙之處了。就像戲的一開始，我們若不相信哈姆雷特的父王已經死了，那麼他父親在吹著東風的夜裡跑到城牆上閒晃，又有什麼了不起的呢？哈姆雷特這一位心靈脆弱的兒子又怎會被嚇個半死？那不就像某些冒失的中年紳士在天黑後跑到某個多風的地點（例如，聖保羅教堂的墓地）去閒晃一樣罷了？

史顧己一直沒有把老馬利的姓氏塗掉。多年後，倉庫門口上方的公司名稱還是「史顧己與馬利」。這家公司就是以「史顧己與馬利」之名聞名業界。有時候剛入行的人稱史顧己為史顧己，也有人叫他馬利，但無論哪一個他都會回話。對他來講都沒有區別。

喔！史顧己摳得很，他東摳西摳，什麼都緊緊抓在手裡，是個貪得無厭的老渾球！他就像一顆又臭又硬的石頭，想要榨出油水來可沒那麼簡單；而且他總是守口如瓶，沉默寡言，獨來獨往。因為他的內心冷冰冰的，一張老臉同樣冷若冰霜，尖鼻變得更尖，雙頰皺巴巴，步態僵直。他的雙眼因而通紅，薄唇是藍色的；他伶牙俐齒，用刺耳的聲音講話。從頭上到眉毛，再到那硬梆梆的下巴，全都結著冷霜。不管他到哪裡，四周溫度都會馬上降低；大熱天時，辦公室也會因為他而感覺冰冰涼涼，就算到了聖誕節，室溫也不會高上個一兩度。

無論外在環境是冷是熱，都不會對史顧己有太大的影響。熱氣不會讓他感到溫暖，寒冬冷冽時他也不會受凍，因為他比寒風還嚴酷，比冬雪還固執，比暴雨更無情。惡劣天候根本傷害不了他，再猛烈的大雨、暴雪、冰雹和凍雨也只有在某方面比他強——那就是它們通常大方「布施」，而史顧己始終一毛不拔。

在街上不曾有人把他攔下來，堆著笑臉對他說：「親愛的史顧己，你好嗎？什麼時候來我家坐坐啊？」沒有乞丐會向史顧己乞討個一分五毛，沒有小孩會跟他問時間，而且他一輩子也不曾有過任何人向他問路。即便是導盲犬也似乎認得他，一見他走過來，就把主人拉進門廊或巷子裡，然後搖搖尾巴好像在說：「失明的主人啊，與其長著那種兇惡的眼睛，還不如沒有眼睛！」。

但是，史顧己才不在乎咧！他就是喜歡這樣。對史顧己來說，如果你一輩子都在路上跟人擠來擠去，還得請別人行行好讓個路，那不是智者所謂的瘋子嗎？

當時啊，老史正坐在辦公室裡忙個不停，而且在一年那麼多好日子裡，那天剛好就是聖誕節前夕。外頭寒風刺骨，天色陰暗，四處霧氣瀰漫。他聽得到外面巷道的路人為了取暖而不停走動著，氣喘吁吁，以手拍胸，在石板路上用力跺腳。

城裡的時鐘才剛過三點，但天色已經很暗了。其實這一整天天色都不是太亮，此時從隔壁幾間辦公室的窗戶看進去，都已經出現閃爍的燭火，彷彿觸手可及的褐色空氣中點綴了許多紅色斑點。只要有任何細縫與鑰匙孔，霧氣就會滲進室內。至於室外，儘管那只是條窄巷，霧更是濃到讓對面相距不遠的房舍變成一片幻影。陰暗的霧靄往下蔓延，一切變得模糊不清，讓人不禁心想：造物主是不是就住在附近，把一大鍋水煮得熱氣騰騰？

史顧己讓房門敞著，這樣才能盯著辦事員：他待在外面一個櫃子般大小的陰暗房間裡，正在抄信。史顧己自己的火堆已經夠小了，辦事員的火更小到好像只剩一根木炭。但是他不能補炭，因為炭箱放在史顧己的房間裡；如果他拿著鏟子進去，肯定會聽到老闆對他說，你就回家吃自己吧。因此辦事員只能戴上自己那條長長的白圍巾，設法用燭光取暖；但是他沒什麼想像力，自然辦不到。

「聖誕快樂，舅舅！上帝保佑你！」有人用快活的語氣說道。那是史顧己的外甥，因為他走得很快，等史顧己發現他時，他已經走進來了。

史顧己說：「哼，無聊！」

史顧己的外甥剛剛在大霧寒霜中疾行，渾身發熱，此刻看來容光煥發，一張俊臉紅通通的；他的雙眼綻放光芒，呼吸時吐著煙霧。

「你怎麼說聖誕節無聊呢，舅舅！」史顧己的外甥說。「你肯定不是那個意思。」

「我就是。」史顧己說。「聖誕快樂？你有快樂的權利嗎？有理由嗎？你是個窮光蛋。」

「別這樣。」外甥還是高興地回應。「那你又有什麼權利憂鬱？有什麼理由懊悔？你那麼有錢。」

一時間史顧己不知怎麼反駁，只能再說一遍：「哼，」接著還是那兩個字，「無聊。」

「別生氣了，舅舅。」外甥說。

「我還能怎樣？」舅舅答道，「誰叫我生活的這個世界有著愚蠢的聖誕節，還有很多你這種蠢蛋。有什麼好聖誕快樂的？聖誕節時你沒有錢付帳單，只發現自己又老了一歲，但並沒有更有錢，對帳時才知道一年到頭十二個月全都是負債。」「如果我能做主，」史顧己憤怒地說，「我會把每一個到處對人說『聖誕快樂』的笨蛋跟布丁一起蒸了，在他們的心頭插一根冬青木樁，然後埋起來。他們活該！」

「舅舅！」外甥哀求他。

「舅什麼舅！」史顧己用嚴厲語氣回答：「我們各用自己的方式過聖誕節吧。」

「過節！」史顧己的外甥說。「但是你不過聖誕節的啊！」

「那就別管我。」史顧己說。「過節到底對你有什麼好處？你曾因為過節而得到好處嗎？」

「我敢說，有很多事情對我來講也許是好事一樁，但我並未從中得到好處。」外甥答道。「聖誕節就是其一。我總認為聖誕節是個好時節，姑且不論它的名稱與起源是多麼神聖且值得尊敬。這是一個用來行善、寬恕與布施的快樂時節。就我所知，一年到頭也只有這一天，男男女女都同意應該盡情敞開原本封閉的胸懷，把日子過得較差的人當成一起邁向人生旅途終點的同伴，而非不同道路上的不同生物。所以啊，我的舅舅，儘管聖誕節不曾讓我的口袋多出一丁點兒金銀財寶，我還是認為，無論過去或未來，它對我來講都是好事一件。而且我會說：願上帝保佑這個佳節啊！」

小房間裡的辦事員聽了這番話也情不自禁鼓起掌來，但他馬上意識到此舉不妥，於是撥了撥火堆，結果連最後一點火也被他弄熄了。

「再讓我聽到一點你的聲音，」史顧己說，「你就馬上捲舖蓋走路，回家去過你的聖誕節。」接著他轉身對外甥說，「這位先生，你倒是挺會講話的，怎麼不去當國會議員呢？」

「別生氣了，舅舅。來我家吧！明天跟我們一起吃晚餐。」

史顧己說：我寧願先看你……。沒錯，他的確這麼說了。他就是把話說得那麼絕，他說他寧願看到他外甥去死。

「怎麼會呢？」外甥大聲叫道。「怎麼會呢？」

「你為什麼結婚？」史顧己說。

「因為我談了戀愛。」

「因為你談了戀愛！」史顧己咆哮著，好像這世界上除了快樂的聖誕節之外，最荒謬的就是戀愛了。「午安，慢走！」

「別這樣，舅舅。反正我結婚前你也沒來看過我，現在怎麼可以把我結婚了當成不來看我的理由？」

「我已經說了午安。」史顧己說。

「我不要你給我什麼，對你毫無所求，為什麼我們不能好好相處？」

「午安。」史顧己說。

「看到你這樣堅持，我實在打從心底感到難過。我們不曾吵架，我也沒和你爭過什麼。不過，這次我不和你吵，是因為出於對聖誕節的敬意，而且直到佳節結束，我都會保持好心情的。所以，祝你聖誕快樂了，舅舅！」

「午安！」史顧己說。

「也祝你新年快樂！」

「午安！」史顧己說。

儘管如此，外甥離開辦公室時沒有留下任何怨言。外甥在門口停留了一下，祝賀那位辦事員佳節愉快。儘管這位辦事員的身體比史顧己還冷，卻渾身散發著暖意；因為他也懇切地祝福了外甥。

「這兩個傢伙真是半斤八兩，」在一旁聽到辦事員的話後，史顧己說：「我的辦事員週薪才十五先令，還有妻小要養，居然跟人家說什麼聖誕快樂。把我送進瘋人院算了。」

被罵「瘋子」的辦事員開了門讓外甥離開，同時也放了另外兩個人進來。他們是兩位福態的先生，儀容體面，現在脫了帽子站在史顧己的辦公室裡。他們手裡拿著簿子與文件，向史顧己鞠了個躬。

「我想這是史顧己與馬利公司吧。」其中一位先生拿起他的清單說，「我有幸與史顧己或馬利先生談一談嗎？」

「馬利先生已經死了七年了。」史顧己答道。「他七年前死了，就在聖誕夜。」

「我們認為，他的合夥人應該能夠繼承他的慷慨美德。」那位先生邊說邊出示他的證件。

的確能夠，因為他們倆曾是志同道合的夥伴。一聽見「慷慨美德」這個不祥的字眼，史顧己就大皺其眉，把證件遞回去。

那位先生拿起一支筆說：「史顧己先生，值此佳節，我們應該比平時更樂於捐點錢給窮困的人，他們現在正受苦受難。成千上萬的人缺乏生活必需品，成千上萬的人無法溫飽啊，先生。」

史顧己問道：「難道沒有監獄嗎？」

「有很多監獄。」那位紳士說，他放下了手裡的筆。

「那救濟院[1]呢？」史顧己問道。「都還在營運嗎？」

「還在營運。」另一位先生答道。「很不幸，都還開著。」

「所以說，救濟院的踏車②仍被廣泛使用，〈濟貧法〉也還在實施？」史顧己說。

「兩者都是，先生。」

「喔！你跟我開口時，我還唯恐出了什麼差錯，所以政府幫不了窮人呢。」史顧己說。「聽你這麼說我就放心了。」

「據我們所知，政府不會在這個基督佳節特別關照百姓的身心福祉。」那位先生答道。「我們少數幾個人正試著募款幫窮人買些酒肉，還有取暖的用品。之所以選在這時候，是因為窮人需求孔急，而有錢人則樂於助人。我該幫您填寫多少金額呢？」

註①：救濟院（Union Workhouses）指供窮人入住，以工作換取食宿的社福機構。
註②：踏車是指一種用來汲水或具有起重機功能的滾輪狀踏車。

「不必了！」史顧己答道。

「您想匿名樂捐？」

「我希望你們別來煩我。」史顧己說。「兩位，既然你們問我想怎樣，這就是我的答案。聖誕節我並未感到快樂，叫我掏錢給懶人讓他們快活一下，我也做不到。我繳的稅被政府拿去蓋剛剛提到的社會機構，那些錢夠多了，日子過不下去的人就該住進那種地方。」

「許多人想進卻進不去，也有許多人寧死也不去。」

「如果他們寧願一死，」史顧己說，「就由他們去吧，正好減少一些多餘人口。還有，抱歉了……我不懂這種事。」

「但您可以想辦法了解啊。」那位先生說。

「那不干我的事！」史顧己答道。「人啊，只要自掃門前雪就好，休管他人瓦上霜。我的事已經讓我忙得不可開交。午安了，兩位！」

那兩位先生看得出多說無益，就此告退。史顧己繼續手邊的工作。他覺得很得意，心情也比平常好。

在此同時，霧氣漸濃，天色也變暗了，許多人舉起閃爍的火把，幹起了幫馬車引路的活。古老教堂鐘塔上那座鐘聲粗啞的老鐘原本總是從牆上的哥德式窗口往下偷窺史顧己，此刻整個鐘塔都已經沒入黑暗中，只是每隔一刻鐘與一小時在黑霧中報時。打完鐘後，整座鐘塔猛烈晃動，彷彿牙齒在凍僵的頭顱裡面咯咯打顫作響。

天氣嚴寒的大街上，巷道轉角處有幾名工人在修理煤氣管路，他們燒了一盆大火，一群衣衫襤褸的男子與少年聚在四周，很高興可以伸手取暖，雙眼在火焰前面眨個不停。水龍頭變得孤伶伶的，漏出來的水憂鬱地結凍，化為孤僻的寒冰。店頭明亮無比，只見高掛的冬青枝葉和果子被店裡燈火的熱氣逼得啪啪作響，路過行人原本蒼白的臉色也紅潤了起來。雞鴨販子與雜貨商變成兩種荒謬可笑的行業：與其說他們在做討價還價與買賣那種無聊的事，不如說他們正舉辦一場熱鬧的盛宴。

倫敦市長大人在氣派官邸中對他的五十個廚子與管家下令，要他們操辦過節事務的時候，也得維持住官邸應有的派頭。有個傢伙上禮拜一才因為在街頭酗酒逞兇而被市長罰款五先令，即便他只是個小小的裁縫師，也為了明天要過節而在閣樓裡調製布丁，至於他那消瘦的老婆，則帶著嬰兒出門買牛肉去了。

霧更濃也更冷了。刺骨的寒風痛徹心扉，街上的人躲都躲不掉。如果當年聖人鄧斯坦（Saint Dunstan）不是用他常用的武器，而是把這刺骨嚴寒當作鉗子用來夾住惡靈的鼻子，那惡靈的吼叫聲肯定更為淒厲了③。寒風像惡犬咬住骨頭似的嚙咬著某個小孩的小小鼻子，害他呼吸時希哩呼嚕的，此刻他蹲了下來，正對著辦公室門上的鑰匙孔吟唱聖誕頌歌給史顧己聽：

上帝保佑您，快樂的先生！

祝您無憂無慮！

但是歌聲才剛剛傳進去，史顧己就抄起一把尺，那股架勢嚇得唱歌的小孩落荒而逃，鑰匙孔四周只剩濃霧以及與其相襯的寒霜。

辦公室終於該關門了。史顧己心不甘情不願地從凳子上站起來，此舉等於默認可以下班了。小房間裡的辦事員早已滿心期待，他立刻把燭火弄熄，戴上帽子。

註③：傳說中，聖人鄧斯坦是在北東蘇塞克斯郡（Sussex）的鐵匠舖工作的鐵匠。一日魔鬼偽裝成美麗女人意圖誘惑他，然而鄧斯坦發現了魔鬼藏在衣服下的馬蹄，識破了魔鬼的詭計，就用熾熱的紅鐵鉗夾住魔鬼的鼻子。

「我想你明天應該想休整天假吧？」史顧己說。

「如果方便的話，老闆。」

「一點也不方便，」史顧己說，「而且也不公平。如果我扣你半克朗④的薪水，我敢說你一定覺得被我占便宜，對吧？」

辦事員苦笑了一下。

「不過，」史顧己說，「如果你不工作，我還是得付一整天的薪水，你倒不覺得是我被你占了便宜。」

辦事員說，聖誕節不過一年一次。

「這是什麼爛理由？每年都害我在十二月二十四號這天被坑錢！」史顧己邊說邊把大衣鈕扣扣到下巴。「但我想你是非休一天不可了。後天早上記得早點來！」

辦事員說他會的，史顧己走出去時還大聲抱怨著。轉瞬間，這位辦事員就把辦公室關好，白色長圍巾的兩端垂在腰際（因為他沒大衣可穿），他跟在一群男孩後面沿著康希爾街往下滑了二十次，藉此慶祝聖誕夜，接著用最快的速度衝回坎登鎮，準備回家玩捉迷藏。

史顧己到平常那家無聊的餐館吃了一頓無聊的晚餐；看完所有報紙後，他用帳簿來消磨晚上剩餘的時間，接著回家睡覺。他住的屋子過去曾屬於那位已經去世的合夥人，座落於一個院子北邊的一片低矮房屋裡，內部有幾個陰暗的房間。這間屋子看來與周遭房屋是如此不搭調，讓人不禁幻想這屋子可能是在屋齡尚輕時就來這裡，與其他房屋玩起捉迷藏，結果忘了怎麼走出去。

註④：克朗（Crown）為貨幣單位。一克朗相當於五先令。前文提到這位辦事員的週薪才十五先令。

如今這個屋子顯得老舊陰鬱，只有史顧己住在裡面，其他房間都分租出去讓人當辦公室了。那院子裡一片烏漆麻黑的，即便史顧己對裡面的一磚一瓦再熟悉不過，還是必須在黑暗中摸索前行。屋子的入口處老舊漆黑，四處瀰漫著霧氣寒霜，彷彿氣候精靈就坐在門口沉悶苦思。

到現在，門上的門環的唯一特別之處，其實只在於它特別大。另一個事實是，史顧己自從入住以來，日日夜夜都會看到那個門環；同時，史顧己跟這倫敦市裡的任何人一樣（我們可以放膽說，就連市府員工、市府參事與同業公會會員也不例外），沒什麼想像力。我們也別忘了，自從史顧己在下午提起那位七年前去世的合夥人之後，就再也沒有想起過他了。既然如此，當史顧己把鑰匙插入門鎖後，為什麼那門環在沒有任何變化的情況下會被馬利的臉孔取代？誰來跟我解釋這件怪事？

馬利的臉孔。它跟院子裡的其他東西不同，並未籠罩在黑漆漆的陰影裡，而是散發一縷淒慘的微光，就像陰暗地窖裡的一隻腐臭龍蝦。那張臉上沒有生氣或兇惡的表情，只是像從前那樣看著史顧己；詭異的眼鏡就架在詭異的前額上。馬利的髮型看起來又怪又亂，好像被一股氣息或熱風給吹亂了，而且雙眼睜得老大，卻完全不眨。這些怪異之處再加上死灰般的臉色令人毛骨悚然，然而真正恐怖的似乎不是臉部表情，而是一種連這張臉也無法控制的氣氛。

史顧己再仔細看看，結果這次看到的是門環。

此刻我們不能說他不感到驚訝，也不能說他沒有打從心底感受到一種自小未曾有過的恐怖情緒。但他還是把手放回他剛剛鬆手的鑰匙上，使勁一轉，開了門走進去，把燭火點燃。

關門之前，他**的確**因為猶豫而頓了一下；他也**的確**在門後仔細看了一下，好像期待馬利的辮子會伸進走廊裡來嚇他一跳。但是，門後沒有任何東西，只有把門環固定住的螺絲與螺帽，所以他只是說了「呸！呸！」就砰一聲把門關上。

關門聲像雷聲似的在屋內四處迴響。上面的每個房間以及下面酒窖裡的每個酒桶，似乎各自產生了回聲。回聲是嚇不倒史顧己的，他把門關緊，穿越走廊，沿著階梯慢慢上樓，邊走邊剪燭芯。

你大可夸夸而談，說要把一輛六匹馬拉的馬車開上這段老舊的階梯，或是開進國會新法案的法條漏洞裡；但我真正要說的是，你大可以把一輛靈車橫著開上樓梯，讓車頭的橫木面對牆壁，車尾的門面對欄杆，而且這件事輕而易舉。樓梯的寬度充裕，空間綽綽有餘，也許就是因為這樣，史顧己才會覺得自己在眼前的一片漆黑中看到火車頭拉的靈車。就算街頭點上了六、七盞煤氣燈，也沒辦法把這條通道照得多亮，因此你大可想見，儘管史顧己手拿著燭火，眼前仍然一片漆黑。

史顧己往上走，一點也不在意四周烏漆麻黑的，因為這表示他不用花錢，這樣他就高興了。但是就在他關上那扇沉重的大門前，他還到每個房間走了一趟，確認一切都沒問題。之所以這麼做，完全是因為馬利那張臉還在他腦海中盤旋著。

客廳、臥室與雜物間全都沒異狀；桌下與沙發下都沒人；壁爐裡有個小火堆；湯匙盤子都放好了；壁爐架上還有一小鍋燕麥粥（史顧己有點感冒）。床底下與衣櫃裡都沒人；他那件晨袍掛在牆邊的樣子看來甚是可疑，但袍子裡也沒躲著人。雜務間也是老樣子，裡面擺著老舊的壁爐柵欄、舊鞋、兩個魚籃、一個三隻腳的臉盆架，還有一把火鉗。

看夠了之後他才關上門，把自己鎖在房間裡；而且他連上了兩道鎖，這並非他平常的習慣。做足準備、確定不會有人嚇他之後，他才拿下大領結，穿上晨袍與拖鞋，戴上睡帽，坐在爐火前喝起了燕麥粥。

那堆火的確挺微弱的，在這嚴寒的夜裡起不了什麼作用。他不得不坐近一點，把身體靠過去，才能藉由那少許燃料獲得一絲暖意。那是一座老舊的壁爐，很久以前一個荷蘭商人蓋的，四周都貼著繪有聖經故事的古怪荷蘭磁磚。磁磚上有該隱與亞伯、法老王的女兒們、示巴女王、從空中降落在羽毛般雲朵上的天使、亞巴郎、巴比倫王伯沙撒、搭乘奶油碟般小船出海的使徒，總計幾百種圖案可以引起他的注意。然而，馬利那張已經逝去七年的臉卻像古代先知的手杖一樣突然出現，吞噬了一切。⑤此刻史顧己心亂如麻，假使那些平滑的磁磚有魔力可以顯示出他腦海的影像，那麼出現在瓷磚上的，肯定是一張張馬利的老臉。

「無聊！」史顧己說著，走到房間另一頭。

走了幾趟後，他坐下來把頭往後靠在椅背之際，湊巧瞄到一個掛在房間中、但早已廢棄的鈴鐺。它原本的功能是用來與屋子最高層的房間連絡的，至於連絡的目的，如今已無人知曉。他看到那鈴鐺開始搖晃，驚詫之餘，一股詭異而難以言喻的恐懼感油然而生。最初鈴鐺輕輕地搖晃，幾乎沒發出聲音，但沒多久就鈴聲大作，而且屋子裡的其他鈴鐺也一起響了起來。

鈴響大概持續了半分或一分鐘，卻感覺像響了一個小時。鈴鐺一起作響，也同時停止。取而代之的是從地底傳來的叮噹聲，彷彿有人從酒窖的一個個酒桶上方走過，身後拖著一條沉重鐵鍊。接著，史顧己想起

註⑤：該典故出自《舊約聖經》中的〈出埃及記〉，亞倫的手杖化為一隻蛇，把法老手下們的手杖都吞掉。

曾聽過的傳聞：在鬧鬼的房子裡，鬼魂就是這樣拖著鐵鍊走動的。

地窖的門砰地一聲被打開，他聽見樓下地板傳來的叮噹聲越來越大，然後那聲音從樓梯上來，一步步往他的門逼近。

「還是很無聊！」史顧己說。「我才不信！」

不過，他的臉色還是變了。因為那東西絲毫沒有停頓，直接穿越厚重的房門進入房間，來到他眼前。那東西一進來，原本幾乎熄滅的燭火突然往上跳動，好像在哭叫著：「我認識他！馬利的鬼魂！」然後又暗了下去。

同一張臉，就是那一張。留著髮辮的馬利身穿平日的背心、緊身褲與靴子，靴上的流蘇飄了起來，他的髮辮、背心下襬與頭髮也一樣。被他拖行的鐵鍊纏繞在腰間。鐵鍊很長，像尾巴一樣纏在他的身上；史顧

「馬利的鬼」（“Marley's Ghost”）, John Leech, 1843

己細看後發現，這條鍊子上都是錢箱、鑰匙、鎖頭、帳簿、契約與沉重的錢包，所有東西全為鋼鐵材質。鬼魂的身體是透明的，所以史顧己可以看穿他的背心，看到後面有兩顆鈕扣。

過去史顧己常聽人說馬利沒心沒肝的，直到現在他才相信。

不對，應該說，此刻他還是不信。儘管他看了又看，那鬼魂就站在他眼前；儘管鬼魂那雙死氣沉沉的眼睛看得他快打寒顫，儘管他還發現鬼魂的頭頂與下巴纏繞著一條摺起來的方巾（先前他並未注意到），連材質都看得一清二楚，他還是滿腹狐疑，不願相信自己的眼睛。

「怎樣？」史顧己用慣常的尖銳冷漠語氣說。「你有什麼事找我？」

「事情多著呢！」——無疑的，那是馬利的聲音。

「你是誰？」

「你該問我**以前**是誰。」

「那你**以前**是誰？」史顧己把聲調提高一些。「就一個鬼來講，你長得還挺特別的。」他本來只打算說「你還真挑剔」，但是換成一句比較恰當的話。

「我生前是你的合夥人，雅各．馬利。」

「你可以……你可以坐下嗎？」史顧己疑惑地問道。

「可以。」

「那就坐吧。」

這麼問，是因為史顧己不知道長得這麼透明的鬼是否有辦法坐椅子；同時他也感覺到，如果不能坐，馬利也許必須解釋一番，這麼一來就尷尬了。但是馬利的鬼在火爐的正對面坐下，好像還挺習慣的。

鬼說：「你不相信我。」

史顧己說：「我是不信。」

「好吧，除了你的知覺以外，你還需要什麼證據才能相信我真的存在？」

史顧己說：「我不知道。」

「你為什麼要懷疑自己的感官？」

「因為，」史顧己說，「感官很容易受到小事影響。像是胃只要有一點小問題，感官就會出錯。也許我只是有一點牛肉沒有消化，或吃了一點芥末、一片起司，還是一小塊沒煮熟的馬鈴薯，才會看到你。不管你是什麼，與其說你住在墳裡，不如說你跟肉汁的關係還比較密切。」

史顧己向來不愛說笑，此刻他心裡也不覺得這件事有任何滑稽之處。事實上，他之所以試著裝聰明是為了分散注意力，把恐懼感壓下去；因為那鬼魂的聲音著實讓他毛骨悚然。

史顧己覺得像這樣坐下盯著那雙死板呆滯的眼睛不發一語，對自己恐怕不好。而且，更糟的是，那鬼魂的周遭也散發著一股陰森森的氣息。就算史顧己感覺不到，但此刻的情況顯然如此；因為儘管鬼魂坐著完全不動，他的頭髮、衣襬與流蘇仍像是被爐子的熱氣給逼得持續飄動著。

「看到這根牙籤了嗎？」基於上述理由，史顧己很快又出招了；他希望鬼魂可以不要死盯著他，就算一下下也無所謂。

「看到了。」鬼魂答道。

「你根本沒在看！」史顧己說。

「但我還是看到了。」鬼魂說。

「這樣吧，」史顧己答道，「我只要把這根牙籤吞下去，下半輩子就不會再被一群我自己想像出來的小妖精騷擾。我告訴你，我才不信這一套。無聊！」

此話一出，那鬼魂立刻發出可怕的吼叫聲，他搖晃著鍊子，發出低沉駭人的聲響。史顧己得緊抓著椅子才沒因此暈過去跌倒。但是更可怕的事還在後頭，那鬼魂好像怕熱似的把頭上方巾解了下來，結果下顎居然掉到了胸前！

史顧己跪倒在地，劇烈抖動著緊扣的雙手。

「天啊！」他說。「可怕的鬼魂，你何苦來糾纏我？」

「你這凡夫俗子！」鬼魂答道，「現在相信了嗎？」

「信了。」史顧己說。「我不得不信。但為什麼你要現身，為什麼要來找我？」

「每個人的靈魂都應該四處走走，無論遠近，」鬼魂答道，「如果在世時沒能辦到，死後還是免不了注定在世間遊蕩。唉，我真痛苦啊！而且我們當鬼的，還得親眼目睹許多已經無法與人分享的事物。如果當年能與人分享，豈不是樂事一樁嗎？」

接著鬼魂又大叫一聲，搖晃鍊子，猛搓著那雙朦朧模糊的手。

「你被鍊著。」顫抖的史顧己問道。「為什麼？」

「這鍊子是我自己生前鑄造出來的。」鬼魂答道。「這條鍊子一呎一吋的每個部分都出自我手。我自願用鍊子把自己捆綁起來，自願戴上鍊子。你覺得鍊子的形狀很怪嗎？」

史顧己抖得越來越厲害。

鬼魂追問：「你不知道你為自己戴上的堅硬鍊子有多重、多長嗎？

七年前的今天，你的鍊子就已經跟我身上這條一樣又重又長了。而且那天之後，你就又拚命幫自己打造鍊子，到現在你的鍊子已經沉重無比了啊！」

史顧己看看四周地板，想像著自己身邊圍繞著五、六十噚的鐵鍊的樣子，卻什麼都沒看到。

「雅各，」他用哀求的口氣說，「老雅各，跟我多說一點。讓我安心點，雅各。」

「能說的我都說了。」鬼魂答道。「艾本尼澤・史顧己，令人寬慰的話來自別處，讓其他使者傳遞吧，那些訊息不是你這種人可以聽到的，就算我想說也不能說給你聽。我只獲准再多說一點點。我不能歇息，不能待在這裡，也不能在任何地方逗留。你聽我說！我的靈魂不曾走出我們的辦公室，我一輩子都未曾離開我們那個小小的兌幣窗口，所以眼前還有疲憊的旅程在等著我！」

史顧己有個習慣，每當他想事情時就會把雙手插在褲袋裡。如今他思考著鬼魂的話，手就插在褲袋裡，但是他並未抬眼，雙膝也沒離地。

「雅各，你的動作一定很慢啊。」史顧己語氣嚴肅地說著，同時帶著謙遜與敬意。

「很慢？」鬼魂複述一遍。

「死了七年，你一直都到處漂泊？」史顧己若有所思地說。

「整整七年。」鬼魂說。「走個不停，一點也不平靜。在懊悔中持續煎熬著。」

「你走得快嗎？」史顧己說。

「就像乘著風的翅膀。」鬼魂答道。

「這七年來你可能走了很多地方。」史顧己說。

鬼魂聽到這句話又叫了起來，同時把鐵鍊甩得噹啷作響，在死寂的夜裡顯得特別難聽。如果守夜人聽見，肯定會依擾亂安寧之罪起訴他。

「喔！我們這種被囚禁綑綁、上了兩道鐵鍊的人，」鬼魂哭叫道，「哪裡知道許多不朽的人物已經不停努力了千百年，因為若要實現所有的良善理念，需要的是在世上永恆的時間。我們也不知道許多基督徒都在小小的領域裡欣然付出，不管是哪個領域，他們都會發現行善的方式不計其數，但有限的生命卻那麼短暫。我們更不知道，就算再多的悔恨，也無法挽回那些被浪費的機會。但我就是那樣！喔！我就是那樣！」

「但你生前一直很會做生意啊，雅各。」史顧己的聲音顫抖，他開始覺得自己的遭遇會跟馬利一樣。

「生意！」鬼魂哭叫著又開始搓起手來。「人類是我的生意。大眾福祉是我的生意。慈善、憐憫、寬容與善心都是我的生意。我所做的那些交易只是我全部生意的九牛一毛！」

鬼魂把鍊子高舉到與手臂同高，彷彿那是一切無奈悲苦的來源，然後把鍊子重重甩到地上。

「在不斷流逝的歲月裡，」鬼魂說，「每年的這個時節最讓我感到痛苦。在世時，我為什麼總是在人群裡俯首行走，目光未曾投向那顆帶領東方三聖找到窮苦人家的神聖星辰？難道已經沒有窮苦人家可以讓星光指引我？」

聽到鬼魂這樣講個不停，史顧己開始驚慌失措，抖個不停。

「聽我說！」鬼魂叫道。「我的時間快用完了。」

「我會聽。」史顧己說。「但不要兇我！不要說冠冕堂皇的話給我聽，雅各！拜託你了！」

「我可能也不清楚自己為什麼會以這樣的形象出現在你面前。我已經坐在你身邊好長一段時日了，只是你看不見。」

這聽起來不太妙。史顧己渾身發顫，擦掉眉頭的汗水。

「我受到的懲罰一點也不輕鬆。」鬼魂接著說。「今晚我是來警告你的，跟你說你仍有機會可以擺脫跟我一樣的命運。這是我為你爭取到的機會與希望，艾本尼澤。」

「生前你一直是我的好友。」史顧己說。「謝謝你！」

鬼魂接著說：「有三個幽靈會來找你。」

史顧己的臉垮了下來，垮下來的幅度直追鬼魂那往下掉的下巴。

史顧己顫聲問道：「這就是你剛剛說的機會與希望，雅各？」

「就是。」

「我……我想還是不要吧。」史顧己說。

「如果他們不來找你，」鬼魂說，「你肯定會重蹈我的覆轍。第一個幽靈會在明天凌晨一點鐘鐘響時出現。」

「難道他們不能一起來，一次解決問題嗎，雅各？」史顧己暗示道。

「第二個幽靈會在隔天凌晨的同一時刻找上你。第三個幽靈則是在隔天凌晨，等到第十二聲鐘響結束就會出現。你不會再見到我，為了你自己好，切記今晚發生的一切。」

言盡於此，鬼魂從桌上拿起纏頭方巾，照著先前的樣子那樣纏好。史顧己知道鬼魂的動作，因為當方巾把下顎綁起來時，上下排牙齒靠在一起，發出劇烈的聲響。他大膽往上看，發現他的鬼訪客站得直挺挺地盯著他，鐵鍊纏繞在手臂上。

鬼魂倒退著離他而去，每退一步，窗戶就稍稍抬高，等到鬼魂走到窗邊時，窗子已經敞開了。

鬼魂示意史顧己過去，他照做了。等到兩者相隔僅僅兩步時，馬利的鬼魂抬起一隻手示警，要他別再靠近。史顧己才停下腳步。

與其說他是為了從命，不如說是出於驚訝與恐懼：鬼魂的手一抬，他就聽見空中傳來混亂的噪音，斷斷續續夾雜著嘆息與懊悔聲，也有哭聲傳達出難以言喻的悲慟與自責。鬼魂聽了一會兒就加入了齊唱哀歌的行列，浮進冷冽漆黑的夜空裡。

史顧己走到窗邊，好奇不已地探頭往外看。

空中幽魂處處，到處徘徊，不安而焦躁，每個都在呻吟。他們每個都跟馬利的鬼魂一樣身披鐵鍊；少數幾個被鍊在一起（可能是一些犯罪的官員），沒有一個是無拘無束的。他們當中許多都是生前與史顧己認識的人，其中一個白背心老鬼他挺熟的，一個龐大的鐵製保險箱就掛在它的腳踝上，老鬼哭得可憐兮兮，因為看到下方門階正站著一個帶著嬰兒的可憐婦人，卻無法幫她。眾鬼之所以悲慘無比，顯然是因為他們一直想干涉塵俗之事，不過卻永遠無能為力。

到底是這些鬼消失在迷霧裡，或是被迷霧給吞噬了，他無法判斷。但是鬼影與鬼聲一起消失，夜色又恢復為他走路回家時的模樣。

史顧己關起窗戶，檢查一下鬼魂進來的門。門的確上了兩道鎖，跟他上鎖時一樣，門閂也沒動過。他想說「無聊！」但是才開口就閉上了嘴。他非常需要休息，無論是因為剛剛一陣情緒激動或者累了一整

「重利貪財者死後的鬼魂」
（"The Ghosts of Departed Usurers, or, The Phantoms"），
John Leech, 1843

天，或是因為瞥見了鬼的世界或與鬼魂之間的那一段沉悶對話，抑或因為夜已深，總之他沒有脫掉衣服就直接上床，倒頭就睡。

2 幽靈三之一

The First of the Three Spirits

史顧己醒來時，四周一片黑漆漆的，所以從床上看過去，幾乎分不出透明的窗戶與房裡的黯淡牆壁。他試著用雪貂般的紅色雙眼看清黑暗中的東西，卻聽到一間鄰近教堂的時鐘響了四下，因此他知道此時是四刻鐘了，他想仔細聽聽看接下來會再響幾次，就知道已經幾點了。

令他感到訝異的是，沉重的大鐘響了第六次……第七次……第八次，最後總共響了十二次才停下來。十二次！他上床時是凌晨兩點之後。大鐘一定是出了問題，肯定是被冰柱卡住了，現在怎麼已經十二點了！

他按下報時錶的彈簧，想確認一下大鐘錯得有多離譜。報時錶快速震動了十二次，然後停了下來。

「怎麼回事？」史顧己說，「我不可能睡上一整天，直接睡到晚上吧。如果現在是中午十二點，那就是太陽出了問題，但這也不可能啊。」

這念頭讓他驚覺不對勁，他滾下床，摸黑走到窗邊。他不得不用睡袍的袖子擦掉窗上的結霜，才能看到外面；但擦拭過後還是看不到什麼，只看得出外面還是霧濛濛一片，氣溫嚴寒，但也能肯定絕非黑夜趕走了白天，占領了這個世界，因為沒有人來人往的奔跑騷動聲。為此他鬆了一大口氣，理由在於，如果這世界只剩黑夜，他就不能在匯票的第一聯上寫下「見票三天後付款給艾本尼澤．史顧己先生，或依其指定方式付款」之類的文字，匯票也會變得跟美國發行的債券一樣沒有價值。

史顧己回到床上，把整件事想了又想，還是沒有頭緒。他越想越困惑，越是勉強自己不去想，就越覺得馬利的鬼魂讓他困擾。幾經思考，他決心把那整件事當成一場夢，但卻每每像彈簧彈回原位似的，腦海總一再重新浮現同樣的問題：「那真的是夢嗎？」

史顧己躺在床上，直到他聽見三聲鐘響，已經是四十五分了，此刻他突然想起那鬼魂警告他，當一點的鐘聲響起時，會有幽靈來找他。他決心躺在那裡保持清醒，直到一點鐘過去，反正現在要他睡著可是比要他去死困難多了，也許這是他能力範圍內最聰明的決定。

剩下的一刻鐘實在很久，久到他不只一次認為自己肯定是不小心睡著了，所以沒聽見一點的鐘聲。最後，鐘聲在他用心傾聽的耳邊響起。

「叮，咚！」

史顧己說：「一刻鐘。」他開始數了起來。

「叮，咚！」

「半點！」史顧己說。

「叮，咚！」

「還有一刻鐘。」史顧己說。

「叮，咚！」

「整點了，」史顧己得意地說，「沒事！」

他在一點鐘的鐘聲響起前就開口，之後才出現一聲低沉、單調、空洞與憂鬱的鐘聲，一點了。就在那一刻，房間亮了起來，床邊的帳幔被掀了開來。

我跟你說，把帳幔掀到一旁的，是一隻手。被掀開的不是他腳邊或背後的帳幔，而是正對著臉部的。帳幔被掀到一旁；史顧己被嚇得半躺半坐，他發現自己與一位鬼訪客面對面：就像你我之間那麼近，而我就是與你近在咫尺的幽靈。

幽靈的體型很怪，像個小孩：但與其說像個小孩，不如說像個小老頭，因為透過某種超自然媒介看他，所以他整體上是縮小的，身材比例像小孩。他的頭髮往脖子與背後下垂，好像因為年紀而變白，臉上卻沒有任何皺紋，皮膚柔軟紅潤。他那長長的雙臂肌肉發達，雙手也是，好像握力超強。他的腿腳是全身最細緻的部分，跟雙臂一樣裸露著。他身穿純白長袍，腰際綁著一條閃閃發亮的帶子，光芒美麗耀眼。他手執一根鮮綠的冬青樹枝；不過，冬青象徵冬天，矛盾的是他衣服上卻點綴著夏天花朵圖案的紋飾。

最奇怪的是他頭頂發射出一道明亮光芒，就是有這道光芒，他身上的一切才會顯得如此清楚。無疑的，他那一頂夾在手臂下的帽子就像是一個大大的熄燈器，想讓自己不那麼亮的時候，拿來蓋在頭上就好。

儘管如此，當眼前景像越來越清晰時，上述一切還不是最奇怪之處。最奇怪的是，他的腰帶閃亮發光的地方換來換去，時暗時亮，所以他的外形就在這閃閃爍爍之際變來變去：有時只有一隻手臂，有時只有一條腿，接著又變成二十條腿，或是有兩條腿卻沒有頭，有頭卻沒有身體：只要有肢體消失了，就好像消融在一片漆黑之中，連輪廓都看不清。在史顧己感到驚訝之際，他的身影又恢復了，變得跟剛剛一樣明顯清晰。

「先生，您就是先前我已經被預告過，會來找我的幽靈？」史顧己問道。

「是！」

聲音輕柔，而且低沉，好像不是來自於史顧己身邊，而是從遠處傳來的。

「你是誰，來做什麼的？」史顧己問道。

「我是過往聖誕節的幽靈。」

「很久很久以前的嗎？」看著他矮小的身形，史顧己問道。

「不是。是你的過往。」

如果有人問起來，史顧己也許說不出個所以然，但他真的很想看看幽靈戴上帽子的模樣，於是開口懇求幽靈戴上帽子。

「什麼！」幽靈大叫。「難道你這麼快就要用你的俗人之手撲滅我帶來的光芒？當初就是因為你們這種人如此執著，我才會被迫戴上這帽子，多年來都把額頭壓得低低的。難道這樣還不夠嗎？」

史顧己恭敬地澄清自己無意冒犯，也不知道自己這輩子何時曾經逼幽靈戴上帽子。接著，他小心翼翼詢問幽靈有何貴幹。

「我來是為了你好！」幽靈說。

史顧己說他感激不盡，但也不禁心想，如果是為他好的話，應該讓他一覺睡到天亮。他的心聲一定是被聽見了，因為幽靈立刻就說：

「為了感化你。小心了！」

他一邊說一邊伸出強壯的手，輕輕勾住他的手臂。

「起來！跟我一起走！」

史顧己本來有許多理由可以向幽靈求情，像是天冷夜深不適合出門，而且床鋪比較溫暖，溫度計遠遠低於冰點，再加上他衣著單薄，身上只有拖鞋、晨袍與睡帽……更何況當時他還感冒著，但這一切都沒有用。儘管幽靈只是像女人一樣輕輕抓住他，卻不容他掙扎。他站了起來，卻發現不由自主地被帶往窗邊，於是抓著幽靈的白袍哀求。

「我只是個凡人，很容易掉下去的。」史顧己說。

「只要讓我的手碰一下**那裡**，」幽靈把手擺在他的心頭，「你就會飄得比現在還要高！」

話說到這裡，他們穿牆而過，站在一條寬闊的鄉間路上，左右兩邊都是原野。整個城市瞬間消失無蹤，不留任何痕跡。城裡的黑暗天色與霧氣也隨之消失，因為他們身處一個無霧的嚴寒冬日，地上積著厚雪。

史顧己環顧四周後拍手說道：「天啊！我是在這裡被扶養長大的。我小時候就住在這裡！」

幽靈眼神和善地盯著他。幽靈剛才輕輕一摸，儘管不怎麼用力，而且時間又短，但史顧己看來仍然可以感覺得到那種觸感。他意識到空氣中瀰漫著千百種氣味，每一種氣味都讓他想起了老早就忘記的千百種思緒、希望、歡樂與憂慮！

「你的嘴唇在發抖。」幽靈說。「你臉上那是什麼？」

史顧己的聲音異常，帶點哽咽，他喃喃地說那是面皰①，接著懇求幽靈趕快帶他去要去的地方。

註①：此刻史顧己臉上的其實是淚水，但他謊稱為面皰。

「你還認得路嗎？」幽靈問道。

「認得路嗎？」史顧己激動大叫：「矇住眼睛我都會走。」

「是嗎？奇怪的是，多年來你居然把這裡忘得一乾二淨！」幽靈說。「那我們繼續走吧。」

史顧己認得他們走過的一門一柱，一草一木，接著遠處出現了一座小小的市鎮，鎮上有橋樑與教堂各一，還有一條蜿蜒的河流。他們看見幾匹粗毛小馬朝他們走來，幾個男孩騎在馬背上，男孩們對著農夫馬車與推車上的其他男孩大叫。這些精神抖擻的男孩彼此大呼小叫，叫得曠野裡好像四處都是快樂的樂音，似乎連清新的空氣也在笑著聽音樂！

「他們都只是往事的幻影。」幽靈說。「他們不會感覺到我們的存在。」

愉快的男孩們持續朝他們走過來，史顧己認得他們每個人，還能叫得出他們的名字。為什麼看到他們會令他欣喜不已？為什麼他那雙冷漠的眼睛會閃爍著光芒，而且心跳那麼快？為什麼他們在交叉路口與小路上別離、互道聖誕快樂時，他會滿心喜悅？聖誕快樂對史顧己來說有什麼意義嗎？去他的聖誕節！聖誕節何曾帶給他什麼好處？

「校內不是空無一人。」幽靈說。「還有個孤零零的孩子被同伴拋下了，獨自留在那裡。」

史顧己說他知道，接著開始啜泣了起來。

他們離開大路，走過一條印象深刻的巷子，很快就逼近一間暗紅色磚造宅邸，屋頂閣樓上裝著一隻小小的風信雞，閣樓裡有個小鐘在搖晃著。屋子很大，看來卻破破爛爛；屋裡的幾間寬敞辦公室都沒什麼人在用，牆壁潮濕生苔，窗戶也破了，門板腐爛。家禽在畜舍裡咯咯叫，昂首闊步地閒逛，馬廄與棚屋被雜草淹沒。

屋裡已經看不出原貌，因為進入陰鬱的大廳後，他們看到許多房門打開的房間，寒冷的大大空房內都沒什麼傢俱與擺設。空氣裡瀰漫著一股土味，整個地方給人一種冷清清空蕩蕩的感覺，讓人聯想到那種常常早起，必須點蠟燭，而且沒什麼東西可吃的生活方式。

幽靈與史顧己穿越大廳來到屋後的一扇門。門自動打開，出現一個陰鬱的狹長空房，裡面只有一排排簡單的冷杉長凳與書桌，看來更顯空洞。房裡只有一個孤獨的男孩在書桌前看書，不遠處有一個微弱的火堆。史顧己早已忘記自己曾如此可憐，不禁坐在一張凳子上哭了起來。

屋子裡沒有半點回音，沒有老鼠從壁板後面吱吱叫或發出扭打聲，沒有水從冷清清後院的半融化排水管裡滴下來，一棵沮喪白楊樹的無葉樹枝沒有發出嘆息聲，空儲藏室的門沒有晃來晃去，小火堆也沒有發出劈啪聲響，但這一切卻讓史顧己感傷了起來，眼淚更是流個不停。

幽靈摸一下他的手臂，指著當年正在認真讀書的他。突然間窗外出現一個男人，身穿異國服裝，看起來栩栩如生，腰帶上插著一把斧頭，手執牽繩，身後拉著一匹拖著木柴的驢子。

「怎麼會是阿里巴巴！」史顧己興奮地大叫。「那是誠實的老好人，親愛的阿里巴巴！沒錯，沒錯，是他！某年聖誕節他第一次來這裡，當時有個孩子被孤伶伶留在這裡，就像這樣。可憐的男孩！」史顧己說：「瓦倫汀跟他那像野孩子的兄弟奧森，他們還是老樣子啊。還有那個只穿著內褲的……叫什麼來著？他在睡覺時被弄到大馬士革的城門口，你沒看到嗎？蘇丹的馬伕被精靈倒掛起來，現在正頭上腳下呢！他活該。我高興得很。他有什麼資格跟公主結婚！」②

如果史顧己那些倫敦商界的朋友看到他認真談論這類話題，還用半笑半哭的奇特語調喃喃自語，誇張的臉看來興奮不已，肯定會感到驚訝不已。

「還有那隻黃尾綠鸚鵡！」史顧己大叫。「頭上還長出像萵苣一樣的東西，牠在那裡！『可憐的魯賓遜．克魯索！』魯賓遜划船環島回到家之後，鸚鵡便這麼叫他了：『可憐的魯賓遜．克魯索！你去了哪裡，魯賓遜？』魯賓遜以為自己在作夢，但他沒有，鸚鵡真的跟他說了話。還有星期五，他拼命逃往小海灣！唉喲喂呀！呼！唉喲喂呀！」

接著他開始同情起以前的自己，突然間哭叫著：「可憐的男孩！」態度轉變之快實在不像平常的他。

史顧己用袖口擦擦雙眼，把手放進口袋，四下張望後喃喃地說：「但願……不過，現在說什麼都太遲了。」

幽靈問道：「怎麼啦？」

「沒事。」史顧己說。「沒事。昨晚有個男孩在我家門口唱聖誕頌歌。我真該給他點東西。就是這樣而已。」

幽靈親切的笑著邊揮手邊說：「我們再來看看另一年的聖誕節吧！」

此話一出，過去的那個史顧己突然變大，整個房間也變得稍嫌陰暗骯髒了點。壁板萎縮，窗戶裂開，灰泥碎片從天花板上掉落下來，木質條板裸露出來。但這到底是怎麼一回事？史顧己跟你我一樣搞不清

註②：這些應指史顧己年少時閱讀故事書的內容。

楚。他只知道眼前情景千真萬確跟往事一樣，當其他男孩返家歡度假期時，他還是孤伶伶的一個人。

此刻他並不是在讀書，而是絕望地走來走去。史顧己看著幽靈一臉悲戚的搖著頭，焦慮地往門邊看過去。

一個年紀比男孩還小的女孩開門衝了進來，用雙臂環抱住男孩脖子，一連親了他好幾下，喊著「最親愛的哥哥」。

「我是來帶你回家的，親愛的哥哥。」女孩拍著小手笑到彎腰。

「小芳，我可以回家？」男孩答道。

「帶你回家。回家，回家！」

「對啊！」女孩喜孜孜地說。「回家，永遠離開這裡，一輩子都住家裡。爸爸比以前慈藹多了，我們家現在就像天堂！有天晚上我正要上床睡覺，他跟我講話輕聲細語的，所以我才敢再問一次能不能讓你回家，結果他說你可以，也應該回家。於是他就叫了馬車讓我來帶你回去，你就要長大了！」女孩張開眼睛說：「而且你再也不用回到這裡！不過，聖誕節時我們要整天都待在一起，度過這世上最愉快的時光。」

「小芳，妳也是個小女人了！」男孩大聲說。

她拍手大笑著想摸摸他的頭，但因為太矮而搆不到，於是又笑了出來，踮著腳抱住他。然後淘氣的她急著把哥哥往門邊拖行，他也不反對，跟著她一起離開。

走廊上有人用恐怖的聲音大叫：「把史顧己少爺的行李拿下來，放在那裡！」接著校長出現在走廊上，高傲的他用惡狠狠的眼神瞪著史顧己，握手時更把史顧己嚇得半死。後來，他帶著史顧己與妹妹走進一個冷冰冰的會客室，那裡簡直就像一座老舊無比的古井，包括牆上的幾張地圖還有窗台上的天體儀與地球儀都冷得結上了白霜。他拿出一瓶味道淡得古怪的葡萄酒，還有一塊味道濃得古怪的蛋糕，各分了一點給史顧己兄妹。

與此同時，他派消瘦的僕人拿了一杯東西給車夫喝，車夫謝過校長，但是他說如果是跟上次一樣的酒，那麼他寧可不喝。此刻，史顧己少爺的行李箱已經綁在馬車車頂，兄妹倆欣然與校長道別，興高采烈地行經花園曲徑，飛快的車輪掃過萬年青的暗黑樹葉，白色霜雪像水花似的噴開。

「總是那麼嬌柔，弱不禁風啊。」幽靈說。「但是她心地善良！」

「的確。」史顧己說。「沒錯，我不會否認的，幽靈。否則天理不容啊！」

「她死掉時已經是個婦女了。」幽靈說。「我想，她應該有小孩了吧。」

「一個小孩。」史顧己答道。

「是啊。」幽靈說。「你的外甥！」

史顧己心裡似乎有點不安，但他只簡略答道：「沒錯。」

他們才剛離校，馬車就來到了城裡的鬧街，路上人潮來來去去，貨車與馬車爭道，就像一座熙嚷喧鬧的真實城市。從店鋪的裝飾看來，又是個聖誕節，只是這次時間在晚上，街燈都亮了起來。

幽靈在某間倉庫的門口停下，問史顧己是否認得這裡。

「何止認得！」史顧己說。「這是我當學徒的地方！」

他們走了進去。屋裡有個戴著威爾斯羊毛假髮的老先生正坐在一張高高的辦公桌後面。他的身高如果再高個兩英吋，恐怕頭就要撞上天花板了。史顧己一看到他就興奮大叫：

「老費茲維格怎麼會在這？一定是上帝保佑，老好人費茲維格又活過來啦！」

老費把筆放下，抬頭看看時鐘，那時已是七點了。他搓搓手，調整身上那件寬大的背心，開心的笑了。他帶著渾身笑意，用他那令人安心快樂且圓潤渾厚的聲音叫道：

「唷呵，小子們！艾本尼澤！狄克！」

此刻，小史顧己已經長大成人，年輕的他快快走進來，另一位學徒跟在他身邊。

「狄克・威爾金斯，錯不了！」史顧己對幽靈說。「我的天啊，千真萬確。他居然在這兒。以前狄克跟我很要好的。可憐的狄克！親愛的狄克！」

「唷呵，小子們！」費茲維格說。「今晚別工作了。是聖誕夜啊，狄克。聖誕節來了，艾本尼澤！把窗板裝回去吧，」老費大叫著雙手用力一拍，「給你們十二秒！」

任誰都不會相信這兩個小伙子動作有多快！他們拿著窗板衝到街上，一秒、兩秒、三秒，裝回原位，四秒、五秒、六秒，拴起來固定好，七秒、八秒、九秒，兩人跑回來的時候連十二秒都還不到，喘得跟賽馬似的。

「嘿呵！」老費大叫，他從高高的辦公桌上跳了下來，動作敏捷無比。「小子們！清場！把空間騰出來！嘿呵！狄克！開心點啊，艾本尼澤！」

清場！只要老費在一旁監工，有什麼東西是他們不想或無法清掉的呢？一分鐘內就搞定了。只要能拿走的就被移開，好像要讓它們永遠消失似的；他們把地板掃過拖好，修剪了燈芯，火堆裡加了燃料，倉庫變得舒適溫暖而乾燥，像個冬夜裡的明亮舞廳。

外頭來了一個手拿樂譜的小提琴手，他走上那張高高的辦公桌，當起了一人樂隊，調音時像五十個胃痛的人同聲呻吟。費太太來了，臉上堆滿了微笑。費家的三位可愛小姐也來了，笑容可掬。六個因為她們而心碎的追求者也跟著進來，其餘來賓還有受雇於老費公司的年輕男女。連費家女傭也帶著她的烘焙師表親來了。跟女廚一起來的是她兄弟的好友，一個送牛奶的男工。就連對街的小子也來了，讓人懷疑主人是不是沒讓他吃飽。他想躲在一位隔壁來的女孩身後，事實證明，她的耳朵才剛剛被女主人扯過。

大家陸陸續續都來了，有人害羞，有人大喇喇的，有人姿態優雅，也有人笨手笨腳，大家都互相推拉，總之他們都來了。

一口氣有二十對舞伴下去跳舞，他們手搭手轉了半圈，然後又往另一個方向繞了半圈；整個隊伍往下朝中間走，然後又往上走。隊伍繞了一圈又一圈，大家開始熟絡了起來；最開始領頭的那對舞伴老是走錯位置，新的那一隊領頭舞伴走到定位後又從新開始；到最後，變成每對都是領頭舞伴，沒有隊伍最後面的舞伴出來接應。

等到這局面一出現，老費便拍了拍手要大家先別跳。他大聲喊道：「跳得好！」一臉龐熱呼呼的小提琴手趁機猛灌了一口特別為他準備的波特酒。他不願休息，回座後立刻又演奏了起來，儘管沒有人跳舞了，他就像是新來的樂手一樣起勁，彷彿原來那位樂手已經筋疲力竭、被人用窗板給抬回家了；而他決心打敗舊的樂手，讓對方永遠消失。

大家又跳了幾支舞，玩了幾輪「沒收衣物」③的遊戲，接著繼續跳起舞來。他們享用蛋糕與熱甜酒，還有一大塊冷的烤肉與水煮肉，另外也有碎肉派與大量啤酒。吃完烤肉和水煮肉之後，提琴手開始演奏舞曲〈羅傑．柯維利爵士〉，真正的「主菜」才出現（別忘了，這位提琴手像狗一樣精明啊！他可是箇中好手，比你我都了解該演奏什麼樂曲）。

老費站上台去與費太太共舞。現在換他們領頭了，這可不是件輕鬆的事；跟著一起下場的舞伴有二十三、四對之多，都不是那種隨便跳舞的人，比起走路，這些人更懂得跳舞。

但是，就算下場的人再多一倍、甚至四倍好了，老費也應付得來，費太太也是。與她的舞伴相較，她的舞技可一點也不惶多讓。如果這樣

「費茲維格先生的舞會」
（"Mr. Fezziwig's Ball"）, John Leech, 1843

註③：Forfeits是一種「沒收衣物」的遊戲。參加遊戲者必須交出身上衣物首飾，經過一番戲謔懲罰之後才可以拿回去。

的稱讚方式還不夠厲害，教教我，我可以換個詞。老費的小腿就像會發光似的，跳每個舞步時都像月亮散發出光芒。無論何時，任誰也猜不出下一刻他會跳出什麼動作。

老費夫妻倆進退有致，兩人挽著手鞠躬致意，在隊伍裡交叉穿梭，接著高舉交握的手讓隊伍從底下穿過去，宛如「火車過山洞」，然後回歸原位。整支舞跳完之後，老費跳到空中，兩條腿迅速前後擺動，速度快似眨眼，然後穩穩著地，身體絲毫沒有搖晃。

鐘聲敲了十一響，這個家庭舞會也就解散了。老費夫妻倆各就各位在門邊兩側站定，與每個走出門的男男女女握手，祝福他們聖誕快樂。等所有人都離開了，只剩那兩個學徒，夫妻倆也一樣跟他們握手致意，歡樂洋溢的聲音就此消逝，獨留兩個小伙子回到倉庫後方櫃台下方的床鋪去睡覺。

從頭到尾，史顧己魂不守舍，他的全副心神都放在舞會上，還有往昔的自己。他知道眼前一切都發生過，每件事他都記得，都讓他開心，一股莫名的悸動油然而生。直到往日的他自己與狄克都把快樂的臉龐轉過去，他才想起了幽靈，意識到頭頂綻放光芒的幽靈正盯著他。

「要讓這些蠢蛋感激不已還真容易啊！」幽靈說。

「真容易啊！」史顧己附和他。

幽靈作勢要他聽聽兩個學徒怎樣掏心挖肺地稱讚老費。史顧己正聽得入神，幽靈又開口了：「怎麼？難道我說錯了？他也不過才花了你們人間的一點錢，大概三、四英鎊吧。這點錢值得讓他受到這麼熱烈的誇讚？」

「話不能這樣講。」聽到靈魂的話，史顧己火就上來了，無意間口氣變得比較像過去的自己，而非現在的他。「話不能這樣講，幽靈。要讓我們快樂或難過，讓我們輕鬆或辛苦，享福或做得要死，他都辦得到。就算他的影響力只是在於言語和外表，在於一些微不足道或無法量化的東西那又怎樣？他帶給我們的快樂，就像得花上一大筆錢才買得到似的。」

他感覺到幽靈在瞄他，嘴巴就停了下來。

「怎麼了？」幽靈問道。

「沒什麼。」史顧己說。

「我想你應該想講點什麼吧？」幽靈追問。

「沒什麼。」史顧己說，「只是我真希望這種時候能跟我的辦事員講個一兩句話！就這樣。」

這個願望脫口而出時，往日的他把油燈關小。史顧己與幽靈又回到屋外肩並肩站著。

「我的時間不多了，」幽靈說，「快點！」

幽靈說話的對象不是史顧己或任何他看不到的人，但此話一出，立刻帶來改變，史顧己又看到了自己。

此刻他年紀稍長，正值壯年。那張臉不像晚年那般嚴厲，有著很深的皺紋，但已經浮現憂煩與貪婪的跡象。那雙動來動去的眼睛流露出焦躁、貪念與不安，表示他心裡的某種執念已經生根，長成大樹之後會把他的心都遮蔽住。

此刻他並非獨自一人，旁邊坐了一個身穿喪服、美麗年輕的女孩：淚珠在她的眼裡打轉，淚光與聖誕節幽靈散發的光芒相映成輝。

「無所謂。」她輕聲說。「對你來說沒有太大的影響。另一個偶像已經取代了我在你心裡的地位。未來，如果那偶像可以鼓舞你、讓你安心，就像先前我努力嘗試的那樣，我也沒什麼好悲傷的。」

「什麼偶像取代了妳？」他追問。

「一個金光閃閃的偶像。」

「世界就是這麼公平啊！」他說。「如果我一窮二白，就得忍受世上最大的痛苦，但若是我追求財富，卻也必須承擔世人最嚴厲的咒罵！」

「你太害怕這個世界了。」她柔聲答道。「現在你心裡懷抱的唯一希望，就是想避免貧困的恥辱。我眼睜睜看著你的高貴理想一一破滅，直到執念吞噬了你的心，讓你只想求財。我有說錯嗎？」

「那又如何？」他反駁。「就算我變得比以前聰明許多，又怎樣？我對妳的心意沒有改變。」

她搖搖頭。

「我變了嗎？」

「我們的海誓山盟是往事了。當時我們雖窮，卻安於現狀，可以耐心等待，勤奮工作，直到好運降臨。你變了。當年你不是這樣的。」

「當時我還年輕。」他不耐地說。

「你感覺到自己已經跟當年不同了。」她答道。「但我沒變。當年我們兩心相依，幸福無比，如今不再同心了，只剩悽苦。我多常想到這一點，心裡頭就有多痛，無須贅言。總之我已經想通了，所以願意放手。」

「我曾經要求妳放手嗎？」

「你只是沒說出口。沒有，你從來沒說過。」

「那我有用什麼方式逼妳放手嗎？」

「你改變了本性，氣質也不同了。你生活在另一個世界裡，只有那唯一的希望是你最大的目標。我的愛意在你眼中也不再有任何價值。老實說，」女孩目光溫柔但極其堅定的說，「如果我們之間沒有過那一段情，如今你還會想要追我、贏得我的心嗎？噢，你不會！」

他似乎也認為她的假設很合理，只是不敢承認。然而他還是掙扎地辯解：「這不是妳真的想法。」

「如果我可以不這麼想，我會很高興。」她答道。「老天為證！每當我體認到這種真相，我就知道事實是絕對不容否認的。如果你在今天、明天或昨天能夠自由選擇，我能相信你還願意選擇我這種沒有嫁妝的女孩嗎？就算你對我那麼有信心，但難免還是會用錢財來衡量我。或者，如果你能暫時把自己的最高原則擺一邊，你是否會悔恨不已？我知道你會，所以我放你走。我是真心真意的，因為我愛過你。」

他正打算開口時，她把頭轉過去繼續說話。

「因為過去的美好回憶，我多少認為你也許會為此感到心痛。但是我想你不會難過太久，很快的，你就會樂於把所有回憶拋諸腦後，認為那些美夢絲毫無法讓你得到好處，也很可能就此夢醒。但願你能快快樂樂過完自己選擇的人生！」

她離開他，兩人分道揚鑣。

「別再帶我看了，幽靈！」史顧己說。「帶我回家吧。你為什麼要這樣折磨我？」

「再看一幕幻影吧！」幽靈大聲說。

「別再看了！」史顧己大叫。「別再看了！我不想看。別再帶我看了！」

但是無情的幽靈抓住他的雙臂，逼他看接下來發生了什麼事。

又換了一個場景；房間不大也不別緻，卻很舒適。火堆旁坐著一個漂亮的年輕女孩，長的跟剛剛那個很像，所以史顧己認為是同一個人。直到看見她的臉，才發現她已經變成秀麗的主婦，坐在女兒對面。房間裡吵吵鬧鬧的，因為裡面還有其他小孩，史顧己被吵到數不出有幾個；而他們跟那一首名詩裡的牛群剛好相反，牛群是四十頭安靜得像是只有一頭④，但在這裡，每個小孩卻都像四十個小孩那樣吵鬧。

你絕不會相信那個場面有多混亂，但似乎沒人在意。相反的，母女開懷大笑、樂在其中，女兒很快開始加入混戰，但被那幾個年紀最小的搗蛋鬼給狠狠修理了。

若是能跟他們一起玩，有什麼是我不能付出的呢？不過，我肯定不會那麼粗魯，不會，不會！就算把全世界的財富給我，我也不會把那髮辮弄亂，隨便拉扯，更不會把那珍貴的小鞋扯下來，天啊！救救我！我也不會像那些大膽的小鬼在混戰中抱住她的腰。我可以發誓，如果我那樣做，就讓我的手臂長在她的腰際，永遠無法伸直，藉此懲罰我吧。

然而，我很可能會非常喜歡輕觸她的芳唇，問她能否把嘴唇張開，我想低頭看看她那低垂雙眼上的睫毛，而且絕不會臉紅。我也想把她那頭波浪似的秀髮鬆開，即使只掉下一吋髮絲，我也會當作珍品好好收藏。簡而言之，我承認，我真希望自己是那裡的其中一個小孩，但身體裡卻住著男人的靈魂，知道那髮絲有多珍貴。

註④：此處所引為英國詩人華茲華斯（William Worsworth）詩作〈三月〉（*"written in March"*, 1802）組詩之一。最後兩句描述牛群頭也不抬的安靜吃著草，四十頭牛就像一頭牛一般安靜。

此刻門口傳來敲門的聲響引來一陣騷亂，她被困在一群激動喧鬧的頑童裡，衣著零亂，但還是掛著笑臉，剛好來得及開門迎接返家的父親。他身邊跟著一個帶來許多聖誕玩具與禮物的男人。這男人毫無抵禦之力，只能任由孩子們大喊大叫，在他四周拉拉扯扯，對他發動一陣猛攻。他們拿椅子當梯子用，把他當城牆一樣攀爬，伸手掏他的口袋，搶走他手上一個個棕色紙包，緊緊拉著他的領帶，勒住他的脖子，捶打他的背，踹他的腿，對他熱情無比！每個人拿到紙包後都驚喜又歡欣。

可怕的是，有個小嬰兒竟差點把玩偶的煎鍋擺進嘴裡，一隻黏在木盤上的假火雞搞不好已經被他給吞下肚了。發現這是假警報之後，所有人都鬆了一大口氣。多麼快樂、多麼感激，喜樂無邊！上述三種情緒都是難以言喻的。只能說，隨著孩子漸漸離開起居室，把熱鬧的氣氛順著階梯被帶往樓頂，之後他們在那裡平靜地入睡。

史顧己的目光緊盯著眼前的景像，比剛剛還認真，此刻那嬌女高興地斜倚在屋主身上，屋主跟她們母女倆一起坐在火爐旁。一想到自己本來也能有個優雅而前途無量的女兒，為自己生命中的寒冬帶來一點春意，他的視線變得模糊起來。

「貝兒。」丈夫轉身對妻子微笑說。「今天下午我看到妳的一個老朋友。」

「看到誰？」

「妳猜啊！」

「塔特，我哪裡猜得到？我不知道。」但是她還沒換氣就接著說：「史顧己先生？」然後跟著他一起笑了起來。

「就是史顧己先生。我經過他辦公室的窗外，窗戶沒關，我看到裡面有燭火，情不自禁地就往裡看。聽說他的合夥人臥病在床快死了，而他正獨自一人坐在裡面。我想他在這世上真是孤伶伶一人。」

「幽靈！」史顧己用嘶啞的聲音說。「帶我離開這裡。」

「我早說了，這些都是往事的幻影。」幽靈說。「跟過去情景沒有兩樣，別怪我！」

「帶我離開這裡。」史顧己大聲說，「我看不下去了。」

他回頭看幽靈，幽靈也低頭看他，奇怪的是，當晚所見每張人臉的一部分都出現在幽靈的臉上，好像在和幽靈掙扎交戰。

「放過我吧！帶我回去，別再糾纏我了！」

在掙扎交戰中（姑且就稱之為交戰吧！但是幽靈並未抵抗，對手們的任何動作也都影響不了他），史顧己發現幽靈身上的光芒還是又高又亮，他隱約想通了自己為什麼會被控制，於是抓起幽靈頭上那一頂有如熄燈器的帽子，突然從帽頂往頭部用力按壓下去。

幽靈縮了下去，整個身體被那一頂帽子蓋住，但無論史顧己怎樣全力按壓，還是無法掩蓋住從帽子下方源源不絕湧出的光芒。

「史顧己壓熄了幽靈三之一」
（“Scrooge Extinguishes the First of The Three Spirits”）, John Leech, 1843

　　他覺得自己筋疲力盡，一股無法抵擋的睡意突然浮現，接著他發現身在自己的臥室裡。他最後一次用力按壓帽子，然後把手鬆開，接著幾乎還來不及爬回床上，就已經睡死了。

3 幽靈三之二

The Second of the Three Spirits

史顧己在自己如雷的鼾聲中醒來，坐在床上整理思緒。無須旁人提醒，他也知道一點的鐘聲快響了。他感覺到自己醒來的時間非常剛好，這讓他能與馬利派來的第二個幽靈使者好好談一談。但是，一想到新來的幽靈會掀開某一片帳幔，他就開始背脊發涼，於是，他索性把所有帳幔全都給拉開，直到床的四周都能看得清清楚楚，才再度躺下。史顧己想在幽靈一出現時就質問他，他不希望再度被嚇一跳，搞得自己緊張兮兮。

常有些男人在酒館吹噓見過世面，如何天不怕地不怕，勇於冒險犯難，從擲錢遊戲這種小事到殺人放火都難不倒他們，各種各樣的事都應付自如。儘管史顧己沒那麼厲害，但是容我在此提醒各位，接下來不管出現什麼稀奇古怪的景象，史顧己肯定不會大驚小怪，就算來的是一個嬰兒、甚或一頭犀牛，他都不會怎樣。

雖然他對於幽靈的現身已經有了萬全準備，卻完全料不到幽靈並未現身。因此，一點鐘聲響過後，儘管連個鬼影都沒有，他卻開始渾身顫抖起來。五分……十分……十五分鐘過去了，幽靈還是沒來。

他始終躺著，只見從鐘聲響起後就有一道紅光打在床上；就算只是一道光，卻比十幾個幽靈現身更令他吃驚，因為他壓根不知道那道紅光是何含意，或想對他怎麼樣。有時候他擔心自己會在毫無心理準備的狀況下自燃起來，變成一樁奇案的苦主。

如果是像你我這樣的局外人，當然一開始就會想到該怎麼做，而且也會去做；但他卻過了一會兒才開始覺得那鬼魅般的紅光光源與秘密也許就在隔壁房間，這才看了過去，發現似乎是那樣沒錯。這個念頭在他腦海盤旋不去，於是他輕輕起身穿著拖鞋往門邊走去。

史顧己的手才剛碰到門鎖，就出現一個奇怪的聲音呼喚他的名字，要他進去。他照做了。

無庸置疑，那是他自己的房間，但那個房間已有了驚人的轉變。四個牆面與天花板都綠意盎然，看來像極了一片樹叢，四處都是閃閃發亮的莓果。冬青、槲寄生與常春藤的鮮嫩樹葉上反射著光芒，好像上面有許許多多微小的鏡子。原本在冬天時被史顧己、馬利等許許多多前人晾在一旁、與化石無異的沉悶火爐，此刻也活了起來，一道熊熊烈火往上竄進煙囪。

地板也像國王寶座一樣，堆滿了火雞、鵝肉、野味、雞鴨、醃肉、大大的肉塊、乳豬、一串串臘腸、碎肉派、葡萄乾布丁、一桶桶牡蠣、紅通通的熱栗子、鮮紅的蘋果、多汁的柳橙、甜美的梨子、主顯節的大蛋糕、熱騰騰的潘趣酒……整個房間因為這些美食的蒸騰熱氣而模糊了起來。

一個快樂的巨靈自在的坐在沙發上，周身散發著光芒，他高舉在手裡的閃亮火把形狀有如神話裡的「豐饒羊角」，火光投射在走進去四處張望的史顧己身上。

「進來吧！」巨靈大聲呼喚。「進來好好認識我，老兄！」

史顧己膽怯地走進去，在巨靈面前低垂著頭。史顧己不再像先前那樣鐵齒；儘管巨靈的眼神清澈和藹，但史顧己並不想與他四目相交。

「我是今日聖誕節的幽靈。」巨靈說。「抬頭看我！」

史顧己畢恭畢敬的抬起頭。巨靈身著以白色皮革飾邊的簡單綠袍，又或者是一件斗篷。那幽靈只是把衣服稍稍披在身上，裸露著寬闊的胸膛，好像不屑任何物品的保護或遮掩。袍子下襬的衣摺寬鬆，看得出他的腳也是赤裸的。他的頭上除了戴著一頂遍佈閃亮冰柱的冬青花環之外別無他物。他披著深棕色長長捲髮，跟他那張慈善的臉、閃亮的眼睛、張開的手掌、不羈的姿態與快樂的神情一樣，他的頭髮看起來也是如此自然。他的腰際掛著一個鏽跡斑斑的古老劍鞘。

「你沒見過誰的長相跟我類似吧！」巨靈大聲說。

「不曾。」史顧己答道。

「近年來也沒遇過我家那些較年輕的成員吧！因為我還非常年輕，所以我指的是我的那些哥哥們。」巨靈追問。

「幽靈三之二」
（"The Second of The Three Spirits" or "Scrooge's third Visitor"），
John Leech, 1843

「我想沒有。」史顧己說。「恐怕沒有。幽靈，你有幾個兄弟呢？」

「一千八百多個。」巨靈說。

「真是個食指浩繁的家庭啊！」史顧己喃喃說道。

今日聖誕節幽靈站了起來。

「幽靈，」史顧己用恭敬的語氣說，「要帶我去哪裡就走吧。昨晚我出去時不太情願，但得到了教訓，現在我可學乖了。今晚，如果你有任何指教，我一定受益良多。」

「抓住我的袍子！」

史顧己照著做，緊緊抓住了幽靈。

冬青、槲寄生、紅莓、常春藤、火雞、鵝肉、野味、雞鴨、醃肉、大大的肉塊、乳豬、臘腸、牡蠣、碎肉派、布丁、水果、潘趣酒等所有東西立刻消失了，包括整個房間、爐火、紅光，還有夜晚也一併不見了。霎那間，他們已經站在聖誕節當天晨間的倫敦街頭，因為天候嚴寒，許多人在門前人行道與屋頂上鏟雪，發出粗糙卻輕快、也不算難聽的聲響，有如陣陣樂音。男孩們目睹屋頂的白雪砸落路面，彷彿一場小小的人造暴風雪，全都樂壞了。

房屋的門面看來烏漆嘛黑的，窗戶更黑，與屋頂的片片滑亮的白雪及地上髒一點的積雪形成強烈的對比。積雪被貨車馬車的沉重車輪輾過留下深深的輪溝，各個大街的路口更可看見幾百道輪溝相互交疊，形成錯綜複雜的溝渠，但是都淹沒在濃稠的黃泥與冰水裡，路線難以辨別。

天色陰暗，短小的街道上瀰漫著半融半凍的朦朧霧氣，霧中較重的煤煙分子如同塵埃一片片落下，好像全英國的煙囪都達成共識一起生火，盡情燒個不停。這天候與城市的氛圍並沒特別令人愉快之處，但是此刻四處洋溢著一股歡樂的氣氛，這是任何清新的夏季空氣與驕陽都辦不到的事。

在屋頂鏟雪的人都很快活，歡欣不已，他們隔著牆彼此呼喚，偶爾拿起雪球，惡作劇似的丟來丟去，但這行徑遠比言詞戲謔還來得不帶惡意，被雪球砸中的人們固然哈哈大笑，就算沒被砸中的人，也都笑得開懷不已。雞鴨店的門仍然半敞著，五光十色的水果店也燈火輝煌。許多圓滾滾的大簍子裝著滿到快要爆出來的栗子，從門邊往街上滾，一個個狀如老紳士的水桶腰。

大顆紅棕色的西班牙洋蔥閃閃發亮，長得像肥胖的西班牙修士，在架子上對著路過的女孩眨眼，看來淘氣而詭祕，它們還用嚴肅的神情瞥望掛在高處的槲寄生。梨子與蘋果堆成高高的金字塔，而大方的店家還把一串串葡萄用鉤子掛在顯眼的角落，讓經過的人看得口水直流，不跟他們收錢。

一堆堆長滿絨毛的棕色榛果散發出香氣，讓人聯想到古時候在森林裡走路的愉快光景，腳踝以下全都淹沒在落葉裡。一顆顆諾福克郡扁胖蘋果烘過後呈紅黑色，和柳橙與檸檬的黃色形成強烈對比，它們結實多汁，像是在求人把自己用紙袋帶回家，在晚餐過後吃掉。這些上等水果之間擺著一個魚缸，缸裡的魚金銀相間，儘管牠們只是愚鈍的冷血動物，看來卻像知道這時刻並不尋常，興奮地悠游於自己的小小世界，還算能保持冷靜。

雜貨店！喔，對了，還有雜貨店，幾乎快關門了，也許有一兩片門板已經裝了上去。但是從縫隙往裡瞧，還是很有看頭！除了磅秤不斷下降，碰到櫃台後發出悅耳的聲響外，纏滿細繩的轉輪迅速轉個不停，因為一直有貨品要包裝；而且不斷有罐子被拿上拿下，像是在變把戲，茶與咖啡的味道混合成讓鼻子樂在其中的香氣。

店裡有大量的罕見葡萄乾，杏仁潔白無比，肉桂棒又長又直，其他香料也都如此美味，一塊塊蜜餞都硬梆梆的，某些地方覆蓋著糖衣，就連最不受誘惑的旁觀者看了也會感到暈眩，腸胃開始不舒服起來。無花果潮濕柔軟，裝飾精美的盒子裡裝著微酸發紅的法國李子，所有食物都如此美味，被用聖誕節的包裝紙包裹好。

但是，每個顧客都對這天充滿希望與期待，他們匆忙又焦急，在門口撞個滿懷，手裡用來購物的籃子被擠得歪七扭八；有些人把買的東西忘在櫃台上又衝回去拿，大家都錯誤百出，卻沒有因此破壞了好心情。店主與手下們童叟無欺，氣色看來好極了，圍裙上亮晶晶的心型釦子好像就是他們的真心暴露在外任人檢視，聖誕節的寒鴉若想啄食也可以。

但過沒多久，鐘聲響起，呼喚著善男信女前往教堂與禮拜堂。他們紛紛穿上最好的衣服湧上街頭，臉上掛著最燦爛的笑容。在此同時，無數的人從許多偏街小巷與沒有名稱的街角走出來，拿著晚餐到烘焙店去烘烤。①

這些快樂的窮人讓巨靈看得興味盎然，他與史顧己並肩站在一家烘焙店門口，每逢有窮人經過，他就拿起蓋子，用火把在他們的晚餐上灑一點香灰。那火把可不尋常，因為曾有一兩次那些窮人推擠了起來，但只消他用火把在他們身上滴個幾滴水，大家的脾氣就會立刻變好。他們

註①：當時法律規定週日與聖誕節時烘焙店不能營業，因此窮人必須自備食材，到店裡去烘烤，才有熱食可以享用。

會說，在聖誕節這種日子吵架實在太丟臉了。的確是啊！就連上帝也愛這一天，的確是啊！

最後鐘聲終於停歇，烘焙店也打烊了。可喜的是，從每家店爐子上遺留的雪痕，隱約可以看出每一家晚餐的烘焙過程。人行道上仍然煙霧繚繞，彷彿那些磚石也在煮東西。

「從火把上灑下來的東西有什麼特殊氣味嗎？」史顧己問道。

「有。那是我的獨家秘方。」

「每一家的晚餐都能獲得你提供的氣味嗎？」史顧己問道。

「只要是供餐者懷抱善心都能。尤其是窮人一定可以。」

「為什麼要特別眷顧窮人？」史顧己問道。

「因為窮人最需要。」

「幽靈，」史顧己想了一下後說，「讓我納悶的是，在我們身邊這麼多世界上各種人類神鬼裡面，居然就是你扼殺了這些窮人體驗單純享樂的機會。」

「你說我怎樣？」巨靈大聲說。

「就是你剝奪了他們每七天就能好好吃一頓的機會，而通常他們就只有這天才能吃得像樣一點呢！」史顧己說。「難道不是嗎？」

「你說我怎樣？」巨靈大聲說。

「我是說，難道不是你讓烘焙店每逢週日都必須關門的嗎？」史顧己說。「這等於是讓他們沒能好好吃一頓。」

「你說是我?!」巨靈大聲說。

「如果我搞錯了，請原諒我。規定是根據你的名義訂下的，或至少根據你家的名義。」史顧己說。

「這世界上有某些像你們這種凡人宣稱了解我們，」巨靈答道，「並根據我們的名義做出一些充斥激情、驕傲、惡意、怨恨、忌妒、偏執與自私的事，我的家人跟親屬壓根就不認識他們，對我們來講，那些人就像不存在。切記，他們做的事就算在他們帳上，別扯上我們。」

史顧己保證他會照做，跟先前一樣，隱形的他們繼續往下走，來到郊區。就像史顧己之前在烘焙店所觀察到的那樣，儘管巨靈身形高大，但神奇的是，他可以輕鬆進入任何地方，不管是矮屋或高聳的廳堂，這個超自然的幽靈都能優雅地站立著。

也許是這善心的幽靈樂於炫耀自己的異能，或者因為他天生慈善、慷慨而熱情，而且同情所有的窮人，所以才會直接去找史顧己的辦事員。史顧己緊抓住他的袍子，跟他一道過去，巨靈在門口露出微笑，用火把上灑下來的東西賜福鮑伯．克拉奇的住處。好好想一想，鮑伯的週薪僅十五先令，每逢週六他只能帶十五個跟他名字一樣的東西回家②；然而，今日聖誕節的幽靈卻還是為他這四房小屋賜福！

克拉奇太太站了起來，她顯然刻意打扮過，哪怕身上只穿著一件改過兩次、繫著漂亮緞帶的禮服；那緞帶物美價廉，只值六便士。她正在鋪桌布，二女兒貝琳達在一旁幫忙，身上也繫著漂亮的緞帶。他兒子彼得·克拉奇把叉子伸進正在煮馬鈴薯的長柄鍋中，襯衫上領子大到邊邊已經碰到他的嘴巴（那領子是鮑伯的東西，為了這個節日而特別拿給他兒子兼繼承人用的），今天的一身盛裝讓他很高興，滿心想著要到那些時髦的公園去炫耀一下他的亞麻襯衫。

克拉奇的小兒子與小女兒衝回家，大聲嚷嚷他們在烘焙店外面就聞到鵝肉味，知道是他們家自己煮的。他們沉醉在關於香料與洋蔥的綺想裡，圍著餐桌手舞足蹈，把哥哥彼得捧上了天。與此同時，彼得持續吹

註②：先令的俗稱就是"bob"，與「鮑伯」同字同音。

著爐火（他並未因此驕傲，反而差點被領子勒死），直到在鍋裡燉煮的馬鈴薯開始冒泡，一顆顆敲打著鍋蓋，好像在求人把它們拿出來削皮。

「你們那親愛的老爸到底被什麼事給耽擱了？」克拉奇太太說。「還有你們的弟弟小提姆！瑪莎也已經遲到半個小時，去年聖誕節她可沒那麼晚！」

「媽，瑪莎回來啦！」叫瑪莎的女孩走進來時大聲說。

「媽，瑪莎回來啦！」小兒子與小女兒一起叫道。「萬歲！瑪莎，我們有鵝可以吃耶！」

「怎麼啦，我可憐的孩子，妳為什麼這麼晚！」克拉奇太太問道，她親了瑪莎十幾次，幫瑪莎脫下披肩和帽子，殷勤又熱情。

「媽，昨晚我們有一堆工作要完成。」女孩答道。「今天早上還要清理打掃。」

「算了，人回來就好。」克拉奇太太說。「親愛的，到火堆旁去取暖，坐一下，真是辛苦妳了！」

「天啊！天啊！爸爸回來了！」那兩個小鬼頭叫道，他們在家裡到處亂竄。「躲起來，瑪莎，躲起來！」

於是瑪莎躲了起來，此刻她父親小鮑伯走了進來，垂在身前的那條長圍巾，單單扣除流蘇的部分，就已經有三呎長了。為了過節應景，他那一身破爛衣服已經補好刷過。小提姆坐在他的肩頭。可憐的小提姆走路時必須拄著一把小拐杖，雙腳還得靠鐵架支撐。

「怎麼回事？我們的乖女兒瑪莎呢？」鮑伯．克拉奇大叫著四處張望。

「她沒回來。」克拉奇太太說。

「沒回來！」興致高昂的鮑伯突然落寞了起來，剛剛他還開心的讓小提姆騎在頭上，從教堂一路狂奔回家。「聖誕節居然不回家！」

瑪莎不忍目睹父親失望的樣子，即使開個玩笑她也不願意，所以她從櫃門後走出來投入父親懷裡；那兩個小鬼頭則簇擁著小提姆，帶他走進洗衣間，要讓他聽聽布丁在銅鍋裡唱歌的聲音。

克拉奇太太先挖苦鮑伯，說他太好騙了，也讓他抱女兒抱到滿意，接著才問道：「小提姆乖不乖啊？」

「乖得很。」鮑伯說。「他真是個乖孩子。不知道為什麼，他沉思了起來，自己一個人獨坐，想些奇奇怪怪的事。回家路上他對我說，他希望教堂裡的人能看到他，因為他是個跛子，因為是聖誕節，看到他就會聯想到耶穌曾經讓跛腳的乞丐走路、讓瞎子重見光明的故事，大家也許會很高興。」

說話時，鮑伯的聲音在顫抖，等他說到小提姆越來越堅強健壯時，聲音抖得更厲害了。

小提姆走來走去，小拐杖不斷發出咯噠聲響，父親正要接著說話時，哥哥姐姐帶著他坐回那張位於火爐前的凳子上。此時鮑伯捲起袖口（可憐的傢伙，他的袖口已經破破爛爛了，難道他還要擔心袖子變得更爛嗎？）他用琴酒與檸檬汁調出一些熱的水果酒，不斷攪拌水罐，擺到爐架上去加熱。彼得和那兩個跑來跑去的小鬼頭負責去拿鵝肉，一行人很快興高采烈地回來了。

看見他們大費周章的樣子，也許會讓人以為鵝是這世界上最稀罕的鳥類，是某種讓黑天鵝相形失色的珍禽；從這屋子裡的景況看來似乎是那樣。克拉奇太太事先把肉汁放在一個小長柄鍋裡煮得熱騰騰；彼得用驚人的力氣製作馬鈴薯泥，貝琳達在蘋果醬裡加糖，瑪莎把熱的盤子擦乾淨。

鮑伯安排小提姆坐在他身邊，那是個餐桌角落的位子；兩個小鬼頭幫大家把椅子擺好，也沒忘記自己的，就定位後開始等待，把湯匙塞在嘴裡，唯恐自己分到鵝肉時會高興的大叫出來。

最後，菜都上齊了，大家也都禱告過，接著所有人屏息以待。克拉奇太太緩緩看著切肉刀，準備把刀刺進鵝胸。當她動手時，大家期待已久的內餡從鵝腹內露了出來，大家在餐桌四周低聲讚嘆，受那兩個小鬼頭的影響，就連小提姆也用刀把敲打桌面，小聲的叫好。

真是沒見過這種鵝。鮑伯說，過去他不相信會有這麼美味的鵝。肉軟味香，大隻又便宜，任誰看到都會讚嘆不已。搭配蘋果醬與馬鈴薯泥，足夠應付全家人的晚餐了。克拉奇太太看到盤子上還剩一小塊骨頭，居然還高興地說，他們還沒全部吃完呢！但大家都已經吃飽了，尤其是克拉奇家年紀最小的那幾個，更是吃得全身沾滿香料與洋蔥！此刻貝琳達幫大家換盤，克拉奇太太自己離開餐廳把布丁拿過來，因為她緊張到不希望有人跟著。

如果布丁沒有煮熟怎麼辦？翻面取出來的時候破掉怎麼辦？或者有人趁他們吃鵝肉時從後院牆壁翻進來把布丁偷走，又該怎麼辦？說到這裡，那兩個小鬼聽得臉色鐵青。各種可怕的事都可能會發生。

好囉！四周霧氣蒸騰！她把布丁從銅鍋裡拿出來。那味道跟平常洗衣日時聞到的一樣！③正是包在外面那層布的味道。那味道就像餐館與

註③：蒸布丁的銅鍋就是平常洗衣日用來煮衣服的鍋子。

糕餅店比鄰而立，但隔壁又開了一家洗衣店！

布丁好了。半分鐘內克拉奇太太走了進來，臉上掛著得意的笑容：布丁被蒸得堅挺扎實，像一顆顏色斑駁的砲彈，整個浸泡在被點火燃燒的白蘭地酒裡面，上面還插著冬青樹枝作為裝飾點綴。

鮑伯．克拉奇輕聲說：喔，一個美妙的布丁！他還說，這是克拉奇太太與他結婚以來的最大成就。克拉奇太太說，既然現在已經不用擔心了，她可以大方招認，當時她也不太確定該放多少麵粉。對此大家七嘴八舌，但沒有任何人說布丁不夠吃。這種話在克拉奇家簡直就是胡說八道，任誰就算只是稍稍暗示一下，都會感到羞愧。

晚餐終於吃完了。清好桌布，也掃過了壁爐，重新把火升起。大家都嚐了水罐裡的調酒，覺得完美無比，餐桌上擺了蘋果、柳橙，還放了一鍑栗子在火上烘烤。然後，克拉奇家所有人在壁爐旁圍成一個鮑伯所謂的圈圈，實際上只有半圈。鮑伯的手肘邊擺著一個平常放在家裡用來當作擺飾的玻璃杯、兩個平底杯，還有一個沒有把手的蛋奶凍杯。

然而，裝熱酒的杯子簡直就像金樽玉杯，鮑伯在倒酒時笑得好燦爛，栗子在火上啪啪啪響個不停。鮑伯舉杯敬酒：

「我親愛的家人，祝我們大家聖誕快樂。上帝保佑我們！」

家人們齊聲附和。

「上帝保佑我們每一個人！」最後小提姆才開口說。

他坐在小凳子上，與父親靠得很近。鮑伯握著他瘦弱的小手，好像想把這愛子永遠留在身邊，唯恐失去他似的。

「巨靈，」史顧己說，言談間流露出一種他未曾有過的關切之情，「可以跟我說小提姆會不會活下來嗎？」

「我只看到一個空的凳子，」巨靈答道，「擺在偏僻的煙囪旁，還有主人已經不在了的拐杖，家人仍將它好好保存著。如果這些幻影到了未來沒有改變，那孩子肯定活不了。」

「不可以，不可以啊。」史顧己說。「喔，不行，仁慈的巨靈啊！請跟我說他會逃過一劫。」

「如果這些幻影到了未來仍然沒有改變，沒有任何幽靈可以在這裡看到他。」巨靈答道。「那又怎樣？如果他非死不可，最好還是死吧！可以減少一些剩餘人口。」

聽到巨靈引述自己的話，史顧己低著頭悔恨不已。

「現在你知道所謂剩餘人口是什麼，還有他們在哪裡了吧？人啊，」巨靈說，「如果不是鐵石心腸的傢伙，就不該把那種惡毒的話說出口。難道你可以決定誰該活、誰該死嗎？在上帝的眼裡，也許你比這種窮人之子還沒有價值、還不該活在世上。天啊！你跟樹葉上的蟲子有什麼兩樣？憑什麼批評塵土裡的其他蟲子活得太久？」

史顧己被巨靈罵得無法抬頭挺胸，渾身顫抖的他只能看著地上。但是，他突然聽到有人提起他，因此很快抬起頭來。

「史顧己先生！」鮑伯說。「我說啊，史顧己先生是我們的衣食父母！」

「的確是衣食父母！」克拉奇太太大聲應和，她滿臉通紅。「真希望他在這裡。那我就可以好好『招待』他一頓，看他是不是吃得下去。」

「親愛的，」鮑伯說，「孩子們都在，更何況是聖誕節啊。」

「只有在聖誕節這天，」她說，「我們才會舉杯祝賀史顧己健康，因為他實在是個可惡、吝嗇、冷酷而麻木的人。你知道他是那樣的人，羅伯，有誰比你更清楚呢？可憐的羅伯。」

「親愛的，」鮑伯只是輕聲說，「今天是聖誕節。」

「為了你，為了聖誕節，我願意舉杯祝他健康。」克拉奇太太說。「這可不是為了他。」「祝他長壽，助他聖誕與新年快樂！他會高興又快樂，那是毫無疑問的！」

孩子們跟著她舉杯祝福。在他們今天做的事裡，這是第一件做得不那麼起勁的。小提姆最後一個才喝，但他一點也不在意。對於這一家人來講，史顧己簡直就像怪物。光提到他的名字，就讓這場聚會瀰漫著陰霾，整整五分鐘後才散去。

陰霾散去後，他們比先前快活了十倍，因為他們暫時擺脫了「惡人史顧己」。鮑伯說，他已經幫彼得看中一份差事，如果成真，就能獲得整整五先令六便士的週薪。想到彼得將成為生意人，兩個小鬼頭笑得東倒西歪；至於坐在火爐邊、把頭部埋在大大衣領裡的彼得則看來若有思，好像在斟酌他該用那一大筆不可思議的收入來做些什麼投資。

瑪莎是女帽工廠裡的學徒，可憐兮兮的，接著換她跟大家分享自己的工作內容。她一天要工作幾小時，還有她明天早上一定要躺在床上好好休息，明天是假日，她可以待在家裡。她還說，幾天前她曾看到某位女爵與爵士，那位爵士「身高與彼得相仿」，一聽到這句話，彼得就把衣領拉高，高到所有人都看不到他的頭。談笑間，他們把栗子與酒罐傳來傳去，很快的，小提姆輕聲唱起了歌曲，歌詞講的是一個在雪地裡迷路的孩童，歌聲哀傷，唱得非常好。

眼前一切並不值得大書特書。他們的家境不富裕，穿的也不是什麼綾羅綢緞，連鞋子也不防水，衣衫單薄，彼得甚至可能常常進出當鋪。但是他們好快樂，心懷感激，彼此相愛，也很享受這一刻。巨靈要離開時，又用火把為他們賜福，讓他們更開心了。史顧己一直看著他們，尤其是小提姆，直到最後。

此刻天色漸暗，正在下大雪。史顧己與巨靈沿著街道往下走，只見萬家燈火，廚房、客廳與室內各種房間都明亮無比。他們在閃爍的火光中看到一戶人家正在準備溫馨的晚餐，熱菜一道道出爐，深紅色的窗簾隨時可以拉下來，把冷暗的天色隔絕在外面。屋子裡的孩子們都衝到外面的大雪裡，歡迎那些已婚的兄姐、堂親、表親與叔舅姨姑，希望能第一個與他們打招呼。

他們再次透過窗簾看到賓客聚集的幻影；屋外有一群漂亮女孩全都戴著帽子，腳上穿著皮靴，一路吱吱喳喳聊個不停。她們踏著輕快的腳步要到某位近鄰家裡去，一個單身漢看到她們進門時容光煥發的模樣暗暗嘆氣，而這些靈巧的狐狸精們也知道他心裡在想什麼。

路上的人實在是多到令人覺得納悶：如果大家都去參加溫馨的餐會，那還有人留在家裡等著歡迎客人嗎？難不成家家戶戶都只剩空屋與熊熊爐火在等著客人？巨靈被眼前的幸福情景樂壞了！他露出寬敞的胸膛，張開一隻大大手掌，大方賜福，用燦爛無害的笑意感染每個飛過的地方！

點燈人沿路往下奔跑，為昏暗的街頭帶來一片片燈光，他為了晚間的聚會特別打扮過。巨靈經過時這點燈人開懷大笑，不過他大概也不知道自己身邊的唯一伴侶，就是聖誕節幽靈啊！

此刻，在毫無預警的情況下，巨靈帶著史顧己來到一片荒漠般的沼地，到處是奇形怪狀的粗獷巨岩，看來就像巨人族的亂葬崗。沼地上都是水，若不是被冷霜凍住了，也許就會四處溢流。這裡遍地只長得出苔蘚、荊豆，以及繁茂的粗草。夕陽西下，只留下一抹火紅，像是乖戾的獨眼怒視著荒涼沼地，片刻間，那眼睛越來越小並且持續下降，最後被一片漆黑的夜色給吞噬。

「這是什麼地方？」史顧己問道。

「礦工們的住處，他們都是在地底做苦工的人。」巨靈答道。「但他們也認識我。你看！」

一道亮光從小屋窗戶射出，他們很快就朝光源走去。穿越泥巴與石頭砌成的牆之後，他們發現一群快樂的人聚集在火堆四周。那些人包括一對老邁的夫妻與他們的子子孫孫，還有曾孫，全都高興地穿著過節的衣服。老人正為他們清唱一首聖誕歌曲，歌聲幾乎比荒原強風的咆哮聲還小，那是首他小時候流行的老歌，偶爾有一些子孫幫他合音。可以確定的是，每當他們的音量變大，老人的歌聲也變得更為輕快大聲，等到他們停下來，他的歌聲便再度沉寂下去。

巨靈並未在此多作停留，他只吩咐史顧己緊抓住他的袍子，他越過沼地上空加速飛行——往哪裡去？不會是要去海邊吧？正是。讓史顧己感到驚恐的是，回頭一看，只見他們已離開陸地邊緣那一大片醜陋的巨岩，怒濤洶湧的吼叫聲震耳欲聾，沖刷著海水打穿的一個個可怕岩洞，兇狠無比，像是要把地球整個吞噬。

他們來到離岸三、四英里處的淒涼暗礁，此處受到四周海水經年不斷的拍打衝擊，上面矗立著一座孤獨燈塔。大量海草附著在燈塔塔底，海鳥在四周上下飛動（我們不禁認為這些海鳥出生在海風裡，就像海草生在海水裡），而被牠們掠過的海水也一樣持續上下湧動著。

即便在這種地方，兩個燈塔工也生起了一堆火，厚厚石牆上的小洞中，一道明亮的火光射了出來，打在可怕的海面上。他們倆坐在粗糙的桌邊，握住對方長滿老繭的手，舉起烈酒互道聖誕快樂。其中，年紀較大的那個，臉龐因為惡劣天候摧殘而佈滿細紋、風霜滿面，看來簡直像老舊船隻的船頭雕像，他唱起了一首剛強的歌曲，曲勢跟海風一樣威風。

巨靈再次加速，持續在起伏不定的漆黑大海上飛行，他跟史顧己說他們已經飛到遠離任何海岸的海域，接著降落在一艘船上。他們陸續走到舵手、船尾守望員與值班高階船員身邊，他們一個個身影黑暗模糊，但全都哼起了聖誕歌曲，或想著與聖誕節有關的事；也有人跟同伴輕聲聊起了往年某個聖誕節，回憶起老家。船上每個人或睡或醒，有好個性也有壞脾氣的，但是每個人都用比平日更為和藹的語氣跟別人說話，多少都一起沉浸在佳節的氛圍裡，想起遠方自己所關心的人，也知道對方樂於想起自己。

史顧己感到訝異不已，他一邊聽著風聲呼嘯一邊心想：在這寂寥的黑暗海面上乘船前進，經過像死亡般深不可測的未知海底深淵，實在是件莊嚴肅穆的事。正在深思時，史顧己吃了一驚，因為他聽見開懷大笑的聲音。令他更吃驚的是，他認出那是他外甥的笑聲。他發現自己置身於一個明亮乾爽，燈火通明的房間裡，巨靈在他身邊微笑，也看著他外甥，臉上流露出和藹可親的讚許神情！

「哈哈！」外甥笑道。「哈哈哈！」

儘管可能性微乎其微，但如果你剛好認識天生就比史顧己的外甥更會笑的人，那一定要跟我說，我也想看看他是何方神聖。把他介紹給我，我和他交個朋友。

這實在是一個合理而公平的偉大世界，因為不只疾病與悲傷會傳染，這世上最具感染力的其實是笑聲與好心情。外甥笑得雙手扶腰，搖頭晃腦，一張臉扭曲成誇張的表情；史顧己的甥媳婦也一樣笑得開懷。他們身邊的一群朋友同樣不落人後，哄堂大笑。

「哈哈！哈哈哈哈！」

「多麼驚人啊！他居然說聖誕節很無聊！」外甥大聲說。「他真的相信自己的鬼話！」

「該覺得丟臉的是他，佛列德！」甥媳婦怒氣沖沖地說。願上帝保佑這些女人，她們從來都不是半調子，她們的一言一行都認真無比。

她長得很漂亮，明艷動人。秀美的臉龐帶著酒窩，看來一副吃驚的模樣，紅潤的小嘴唇好像是天生用來讓人一親芳澤的，毫無疑問。她下巴上方有許多小小的酒窩，而當她笑起來的時候，似乎融合為一了，沒有任何小女人的臉上有她那種開朗的眼神。綜而言之，她就是那種讓人心動的女人，同時給人安心的感覺。喔，可以放一百二十個心。

「他是個好笑的老傢伙，」史顧己的外甥說，「我說真的！只不過他大可更討人喜歡的。但因為他冒犯別人才會受到報應，我也不忍再苛責他。」

「可是他很有錢啊，佛列德。」甥媳婦暗示她不同意。「至少你都是這麼說的。」

「那又怎樣，親愛的？」外甥說。「他的財富對他來講沒有用。他不用錢來做好事，也不用錢來過舒適的生活，而且一想到以後他的錢會讓我們獲得好處，恐怕也會不開心！哈哈哈！」

「我實在是受不了他。」甥媳婦說。她的姐妹們還有在場其他女士也都表達了同樣的意見。

「喔，我不會不理他。」外甥說。「我為他感到遺憾，就算我想對他生氣也沒辦法。誰會因為他的壞脾氣而受苦受難？只有他自己。他打從心底討厭我們，也不來跟我們吃飯。結果呢？他並不差這一餐。」

「其實我倒覺得他錯過了一頓美好的晚餐。」甥媳婦打斷了他。其他每個人也這麼說著，而且他們都有資格評斷這頓晚餐，因為大家才剛吃完飯。此刻他們把甜點擺在餐桌上，所有人都聚在火爐邊，一旁還亮著燈光。

「好啦！這讓我聽了很高興！」外甥說。「因為我對這些年輕的主婦們沒什麼信心。塔波，你覺得呢？」

塔波顯然盯上了甥媳婦的某位姐妹，因為他說單身漢跟可憐的流浪漢沒兩樣，沒資格發表意見。此話一出，她的那位姐妹臉紅了起來——是衣服綴有蕾絲衣領的那位豐滿女士，不是戴著玫瑰的。

「繼續說啊，佛列德！」甥媳婦拍手說。「他從來不曾把話說完。真是個荒謬的傢伙！」

外甥又哈哈大笑了起來，笑聲的感染力實在無人可擋，儘管那個胖姐妹拿起香醋瓶來聞，想忍住不笑，結果所有人都笑了起來。

「我只是想說，」外甥說，「我認為他不喜歡我們，不想跟我們一道玩樂，結果只害得自己損失了快樂時光。享樂對他有什麼害處呢？不管是在他那發霉的老辦公室裡，或在他那滿是塵埃的屋子裡，我想他都找不到比我們更有趣的同伴了。因為我同情他，才會每年都給他機會，無論他喜歡與否。也許他會持續咒罵聖誕節，罵到他死前的一刻，但我想他忍不住還是會往好的一面想，我敢打賭。只要我每年都去，好聲好氣的跟他說一句『史顧己舅舅，您過得好嗎？』哪怕我只是讓他想到要留五十英鎊給他那可憐的辦事員，就算有所成了。我想我昨天真的打動了他。」

一聽到他說自己打動了史顧己，大家跟著大笑。因為他是個好人，不在乎他們在笑什麼，所以也就任由他們笑個不停，他還鼓勵大家盡情享樂，高高興興地把酒瓶傳下去。

喝過茶之後，他們來了點音樂。因為他們是個音樂家庭，無論是合唱或輪唱，我可以保證他們都知道自己在唱些什麼。尤其是塔波，身為男低音的他不管唱得多大聲，額頭青筋都不會浮起來，臉也不會變紅。甥媳婦是個豎琴高手，除了彈奏幾首樂曲，她還秀了一首簡單的小調（真是簡單無比，任誰都可以在兩分鐘內學會用口哨把那曲小調吹出來）。

說到這首小調，當年去寄宿學校接史顧己回家的妹妹也很熟悉，那段往事是過往聖誕節的幽靈已經讓他看過的。所以當樂聲響起，那幽靈給他看過的所有往事就再度浮現在腦海，他逐漸軟化。他心想，如果早在多年前能常常聽到這種音樂，或許他就能對人慷慨一點，靠自己得到快樂，何需去請教教堂執事手裡那把埋葬了馬利的鏟子？

但是他們並非整晚都在奏樂唱歌。不久，他們玩起了「沒收衣物」的遊戲，因為有時候他們也想找回童真之心；而且若是要玩遊戲，沒有任何時機比聖誕節更為恰當了，因為萬能的主在這一天不也像個小孩嗎？等一下！他們玩的第一個遊戲是矇眼捉迷藏——那是一定要玩的遊戲。就像我不相信塔波的眼睛長在靴子裡，我也不相信他的眼睛真的看不見。依我之見，他根本就和史顧己的外甥串通好了，這點今日聖誕節的幽靈也知道。

真是太犯規了，他故意對甥媳婦的胖姐妹窮追不捨，破壞了人與人之間的互信。他撞倒了火鉗，被椅子絆倒，撞上了鋼琴，還差點被窗簾悶死。不過無論胖姊妹躲到哪裡，他都如影隨形。他總是知道她在哪裡。他不會抓其他人，如果有人故意擋住他（有幾個人的確那樣做了），他會裝出要抓人的樣子，但明眼人都知道那是裝的，因為他會側身移動，往胖姐妹的方向追過去。

她一直大叫，「不公平！」——的確如此。但是，他終究還是抓到了胖姐妹——儘管她跑到身上的絲質衣服沙沙作響，左躲右閃，卻還是被他逼到無路可退的角落，此刻他的表現才真是惡劣。因為他裝作認不出她，還得摸摸她手上的戒指，或是她脖子上的項鍊，才認得出她是誰。這實在是卑鄙無恥！等到換另一個人當鬼，她肯定也把自己的想法告訴他了，兩人躲在窗簾後說起了悄悄話。

甥媳婦並未一起玩捉迷藏遊戲，她找了一個溫暖的角落，舒舒服服躺在大椅子上，把腳翹在矮凳上，而巨靈與史顧己就站在她身後不遠處。不過等到「沒收衣物」的遊戲開始時，她就下場了，接下來「字母與對話」的遊戲，更讓她歡喜到心坎裡。至於猜字遊戲更是她的強項了，姊妹們被她打得落花流水，她丈夫心裡暗自叫好，不過她們都是聰明的女孩——如果你問塔波，他一定會這麼說。

待在他們家的大概有二十人，有老有少，但全都下場去玩遊戲了，就連史顧己也玩了起來。他一時興起，玩到忘記他們根本聽不見他的聲音，有時候還會大聲說出自己猜的答案，而且他也常常猜對，因為他的心思銳利，就算白教堂區盛產的縫衣針（保證絕對不會從針眼處斷掉的好針）也沒他那麼銳利，儘管他常以為自己是個很遲鈍的人。

史顧己的心情好極了，他像個小男孩一樣懇求，希望能一直待到賓客散去。對此巨靈也感到很高興，開始比較能認同他了。但是巨靈卻無法答應他的請求。

「又有一個新遊戲了。」史顧己說。「只要半小時，巨靈，再玩一個就好！」

那是一個叫做「是或不是」的遊戲，遊戲中的人必須猜出史顧己的外甥心裡想的是什麼；他們問他問題，他只能依照實情說是或者不是。眾人像連珠砲似的向他提問，最後追問出他心裡想的是一種活的動物，令人厭惡而兇狠，有時候會咆哮咕噥，有時會講話，住在倫敦市，橫行街頭。牠不是那種展示用動物，走路時沒有人在前頭牽著，也不住在動物園裡，不會被帶到市場去屠宰，不是馬、驢、母牛、公牛、老虎、狗、豬、貓，也不是熊。

每當有人提出新問題，外甥就哈哈大笑，笑到實在受不了了，不得不從沙發上站起來跺腳。最後那胖姐妹也一樣邊笑邊叫：

「我猜出來啦！我知道是什麼！佛列德，我知道是什麼了！」

「是什麼？」佛列德大聲說。

「是你的史……顧……己舅舅啊！」

這當然就是正確答案。大家都讚嘆不已。只不過有些人認為，當他們問說：「是熊嗎？」外甥就應該說「是」④，只因為他回答「不是」，所以即便那時就有人懷疑答案是史顧己，也會往別處去想。

「他真的給了我們很多樂子，」佛列德說，「如果不舉杯祝他健

註④：英文的"bear"有時也指「魯莽粗鄙的人」。

康，那就太不知感激了。請大家準備好手裡的香料熱紅酒，等我說，『史顧己舅舅！』」

「耶！史顧己舅舅！」他們大聲說。

「祝他老人家聖誕快樂，還有新年快樂，不管他是好人壞人！」外甥說。「他不會接受我的祝福，但我還是要祝福他。史顧己舅舅！」

史顧己自己感受不到，但他變得非常快活又輕鬆，如果巨靈給他充分的時間，他也會好好祝福那些不知道他在場、也聽不到他講話的人們。但是，眼前情景在外甥說出最後一個字的時候就立刻煙消雲散了，他和巨靈又動身往別處去了。

他們看了很多，走了很遠，去了許多戶人家，但最後看到的情景總是令人高興的。巨靈站在病床邊，病人便快活了起來；人在國外的，開始有了身在家鄉的感覺；為了生活痛苦掙扎的，變得更有耐心與希望；

窮人也覺得自己變得有錢了。

他們去了救濟院、醫院、監獄，每個地方收留的都是些不幸的人，只要那些驕傲的守門人沒有濫用自己的短暫權勢把大門深鎖，將巨靈擋在外面，他都會留下祝福，也讓史顧己學會一點道理。

儘管那只是一個夜晚，感覺起來卻像漫漫長夜；史顧己當然免不了懷疑，因為整個聖誕節長假好像都濃縮在他們一起度過的時間裡。另一件怪事是，雖然史顧己的外貌並未改變，巨靈卻非常明顯的變老了。史顧己看在眼裡卻未明講，直到離開了某個給孩童參加的主題節派對，他們倆一起站在室外，他才注意到巨靈的頭髮已經灰白。

「幽靈的生命都那麼短暫嗎？」史顧己問道。

「我在這地球上的生命的確很短。」巨靈回答，「今晚就結束了。」

「今晚！」史顧己大聲說。

「今晚午夜。你聽！時間逼近了。」

那一刻鐘聲響起，已經是十一點三刻了。

「如果我不該多嘴，請原諒我。」史顧己看著巨靈的袍子說。「但是，我看到一個不該屬於你的怪東西，那東西從你袍子的下襬凸了出來，看起來像是腳或爪子！」

「從表面上的肉看來，可能是爪子。」巨靈用悲傷的語氣答道。

「你看這裡。」

袍子的皺摺處跑出兩個小孩，看起來可憐、悽苦、可怕、醜陋而悲慘。他們跪了下來，緊抓著他的袍子。

「喔，天啊！看這裡。你看，你看，看下面！」巨靈大叫。

兩個小孩一男一女。他們看來面黃肌瘦，衣衫襤褸，眉頭深鎖，簡直長得像狼，但卻卑屈地趴伏在地。年幼如他們本該一臉秀麗，充滿朝

「無知和匱乏」（“Ignorance and Want”），
John Leech, 1843

氣，豈料卻被一隻腐敗枯萎的魔掌染指，好像留下了歲月的痕跡，彷彿被扭曲成兩團破布。他們渾身沒有一絲天使的氣息，反而像被魔鬼附身，眼神兇狠。無論透過什麼神秘奇妙的創造手法，無論人類能怎樣徹底改變、墮落或變形，都無法變成有他們一半恐怖嚇人的妖怪。

史顧已被嚇得後退連連，驚駭不已。他們現身時，他本來打算說「好一對金童玉女」，但話卻被他吞了下去。他實在不想撒那種天大的謊。

「巨靈！他們是你的小孩嗎？」除此之外，史顧已已無話可說。

「是人類的。」巨靈低頭看他們說。「但他們緊抓著我不放，是父祖們叫他們倆來求助於我。男孩叫做『無知』。女孩叫做『匱乏』。要注意他們倆以及他們的所有親人，而且最重要的是，千萬要盯住這男孩，因為我在他額頭上看見『死定了』三個字，除非有人能把字抹掉。你們只管視而不見吧！」巨靈大叫，伸手指著倫敦市。「儘管毀謗那些向你們傳達這個道理的人！如果你們只為了達到少數人的目的而承認這兩個小孩的存在，情況只會更糟而已！等著承受後果吧！」

「沒有人收留或者幫助他們嗎？」史顧己大聲說。

「難道沒有監獄嗎？」巨靈最後一次轉身看史顧己，用他自己的話問他。「難道沒有救濟院嗎？」

十二點的鐘聲響了。

史顧己環顧四周，想要找尋巨靈的身影，但他已經消失。最後一下鐘聲不再迴響時，他想起了老馬利的預言，眼睛往上一看，只見眼前出現一個嚴肅的幽靈，身披斗篷，戴著帽子，看似地面的一團迷霧，慢慢往他眼前逼近。

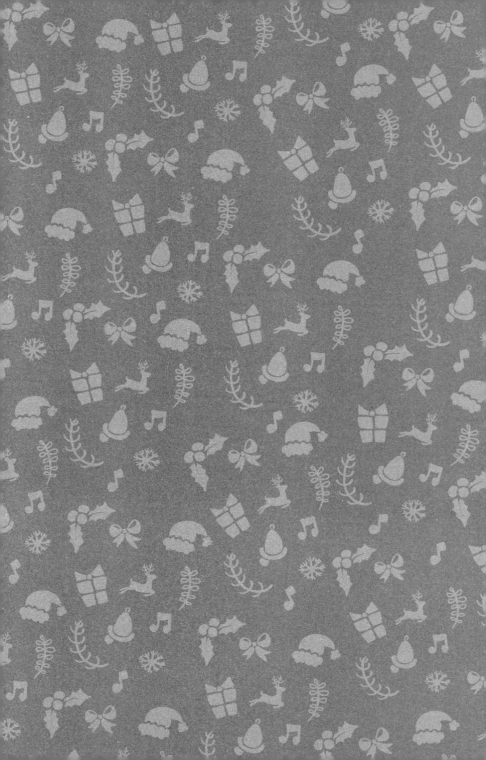

4 最後的幽靈

The Last of the Spirits

嚴肅的幽靈沈默不語地慢慢接近，等他來到跟前，史顧己已經跪了下去，因為這幽靈所經之處似乎瀰漫著陰鬱與神秘的氛圍。

幽靈一身黑衣，把頭臉與身形都遮了起來，全身包裹在衣服裡，只剩一隻伸出來的手被看見。如果沒有那隻手把四周黑漆漆的一片區別開來，黑衣幽靈根本整個都隱沒在黑夜裡。

幽靈來到身邊時，史顧己只覺得幽靈高大威武，那神秘的外形讓他

「最後的幽靈」
（"The Last of the Spirits—The Pointing Finger"）, John Leech, 1843

肅穆而懼怕。他只有這種感覺，因為這個幽靈不發一語，也沒任何動作。

「在我眼前的，可是未來的聖誕節幽靈？」史顧己說。

幽靈並未回答，只是用手往外一指。

「你即將帶我去看的幻象是還未發生、但未來即將發生的事，」史顧己追問，「沒錯吧，幽靈？」

黑衣頂端的皺褶緊縮了一下，似乎是幽靈點了點頭。這是史顧己獲得的唯一答覆。

儘管史顧己現在已經非常習慣與幽靈結伴，但這沉默的鬼影還是讓他兩腳打顫，他發現自己試圖跟上幽靈時雙腳幾乎癱軟。幽靈看出他有狀況，便暫時停了下來，讓他的腳有時間恢復正常。

但史顧己的狀況越來越糟。一股隱約的莫名恐懼令他戰慄不已，因為他知道在那身黑衣中，有雙鬼眼正死盯著他。儘管他用力睜大雙眼，還是只能看到那一隻鬼手，以及一大坨黑影。

「未來的幽靈！」他大叫。「你比其他幽靈都讓我害怕。儘管我知道你是為我好才來的，我也希望自己能脫胎換骨，所以已經準備好與你結伴同行，而且心懷感激。但是你要一直這樣不跟我說話嗎？」

幽靈並未答腔。他只是伸手指著他們倆的前方。

「帶路吧！」史顧己說。「帶路吧！這一夜很快就過去了，時間對我來講珍貴無比。我知道。帶路吧，幽靈！」

幽靈離開時的步態與逼近他的時候一樣。史顧己跟在黑衣的陰影後面時心想，好像是黑衣把他給撐起來，帶著他一路前行的。

他們似乎不是走進城裡的，而是整座城市倏忽出現在他們眼前，把他們包圍起來。但他們已經來到了市中心，正置身於皇家交易所，身邊都是忙進忙出的商人，放在口袋裡的錢幣噹噹作響，三三兩兩地交頭接耳。他們看看手錶，或者把玩著手裡的大大金印，一副若有所思的模樣，這類動作都是史顧己早已看慣的了。

幽靈停在一小撮商人身邊。史顧己看到幽靈的手指過去，便走到前面去聽他們講話。

「不，」一個下巴超大的大胖子說，「總之，這件事我不是很了解。我只知道他死了。」

「他什麼時候死了？」另一個人問道。

「我想是昨晚。」

「為什麼？他出了什麼事？」另一個人問道，他拿出一個大大的鼻煙壺用力吸了一口。「我還以為他永遠都不會死。」

「天知道。」第一個人說著打了個哈欠。

「他怎麼處理他的錢？」一位紅臉紳士問道，一大塊肉瘤從他的鼻尖往下垂，像火雞雞冠那樣晃來晃去。

「我還沒聽說。」下巴很大那個男的說著又打了個哈欠。「也許留給他的公司吧。我只知道他沒有留給我。」

這個笑話讓所有人都大笑了起來。

「葬禮應該辦得很便宜。」那個人接著說。「我沒聽說有誰會去。還是我們結伴同行去幫個忙？」

「如果有午餐可以吃，我是無所謂。」鼻子上有肉瘤的紳士說。

「沒有吃的我可不去。」

眾人又哄笑了起來。

「呃，說真的，我一點興趣也沒有。」第一個人說。「因為我從來不戴黑手套①，也不吃午餐。但是，如果有人去我就會去。現在想起來，或許我算是他最好的朋友吧，因為我們每次碰見時，都會停下來聊一會。再見！」

講話與聽人講話的人紛紛散去，混入其他的人群之中。史顧己認識他們，他看看幽靈，想知道這是怎麼一回事。

幽靈緩緩飄進某條街道。他的手指著兩個在街上相遇的人。史顧己繼續聽他們在說些什麼，心想也許可以獲得解答。

那兩個也是他的熟人。兩人都是舉足輕重的富商。記得他總是努力搏取他們的重視，讓他們覺得自己也是商界要角，當然了，純粹就商業的角度而言。

「您好。」其中一人說。

「您好。」另一個人也說。

「唉，」第一個說，「那老鬼總算走了，對吧？」

「他們是這麼說的。」另一個答道。「好冷，對吧？」

「這才像聖誕節啊！我想你該不會要去溜冰吧？」

「不會。不會。我還有別的事要忙。再見了！」

註①：當時的葬禮有黑手套可以拿，就像台灣的葬禮可以拿毛巾。

他們沒再說話。見面後，他們只講了這幾句話，然後就分開了。

史顧己一開始很訝異，幽靈怎麼會覺得這種閒談很重要？但他也知道幽靈一定另有深意，於是他開始思考，想找出可能的答案。那些談話幾乎不可能與老合夥人馬利的死有關，因為那是過去的事，而這位幽靈所管的是未來之事。他也想不透他們說的話與自己有任何直接關連。但無疑的，不管重點是什麼，總之那些話一定暗藏道理，可以讓他用來改善自己，因此他決心牢記他所聽到的一字一句，還有眼前所見的一切，特別是那些有他在裡面的幻影。因為他所期待的是在看到自己在未來的言行之後，應該可以獲得先前所忽略的線索，輕鬆化解當前的謎團。

他看看四周想尋找自己的身影，但另一個人站在他習慣待著的角落，儘管時鐘顯示這時已經是他平常該現身的時刻，但在湧入交易所走廊的大批人潮裡，他看不到任何可能是他的人。然而，這並未讓他感到太意外，因為他本來就盤算著要改變人生，他以為這代表他所做的決定已經實現了，希望真能如此。

四周沉靜黑暗，幽靈就站他身邊，一隻手還是往外伸。當他不再仔細尋找自己的身影，從幽靈伸手的方向及他們倆的相對位置看來，他發現幽靈那對看不見的眼睛正緊盯著他。這讓他顫抖了起來，渾身一陣寒意。

他們離開鬧街，來到城裡一個比較偏僻的地方，儘管史顧己未曾造訪過此處，卻也知道當地的情況聲名狼藉。這裡的道路髒亂狹窄，商店與民宅破破爛爛，居民往往衣著暴露，酗酒懶散，醜態百出。巷道簡直像是糞坑，把臭味、穢物與人的各種氣息都吐進了散亂的大街上，整個地區變成犯罪的淵藪，髒亂汙穢，慘不忍睹。

他們深入這個惡名昭彰的地區，來到一家閣樓屋簷下的商店。這家店的店面低矮而突出，專門收購鐵器、舊衣服、瓶罐、動物骨頭與油膩的內臟。店內地板上只見一堆堆生鏽的鑰匙、釘子、鍊子、絞鏈、銼刀、秤子、砝碼，以及各種破銅爛鐵。沒有多少人願意挖掘的秘密就暗藏在這些堆成小山的破布、腐敗的大塊肥肉與骨頭裡面。

店裡一座老舊磚砌火爐旁坐著一個年近七旬的灰髮老無賴，這些貨都是他的，他把幾塊薰臭的各種破布掛在繩子上，充當簾子，將屋外的冷空氣隔開，在屋內平靜悠閒地抽著煙斗。

史顧己與幽靈走到老頭前面，剛好有個提著沉重包袱的女人也溜進店裡。但是她前腳剛踏進去，後面就跟著走進另一個提著東西的女人。而緊跟在最後面的，是一個穿著褪色黑衣的男人，看到她們時，就跟她們倆認出彼此時一樣驚訝。他們就這樣瞠目結舌了好一陣子，老人也不知該說些什麼，過沒多久，三個人一起哈哈大笑了起來。

「就讓我這幫傭的先來吧！」第一個進去的女人大聲說著。「洗衣服的第二個，辦喪事的第三個。你看看，老喬，這多麼巧啊！我們三個也沒先約好，卻在你這裡碰上了！」

老喬拿掉嘴裡的煙斗說：「你們算是來對地方了。到客廳來吧！妳早就是這裡的熟客，另外兩位也不是陌生人。等一下，我先把店門關上。唉，這門總是吱嘎作響的！我想在店裡所有的破銅爛鐵裡，這扇門的絞鏈算是鏽得最厲害的吧！店裡也沒有其他骨頭比我這一身骨頭還老。哈哈！我們都算是入對行了，工作和我們全都很相稱。到客廳來。到客廳來。」

破布簾後面那一塊地方就是他所謂的客廳。老喬用廢棄的地毯壓條撥一下火堆，用菸斗尾端調整了一下冒煙的燈芯（此時已經入夜），接著又把菸斗放回嘴裡。

撥火調燈時，剛剛開口那個女人早將包袱丟在地上，豪爽地往凳子上一坐，交叉的雙手擺在膝蓋上，用囂張的眼神盯著另外兩人。

「真巧啊！妳說是不是，迪爾博太太？」那女人說。「每個人都有權為自己著想。他就總是這樣！」

「的確沒錯！」洗衣婦說。「這方面沒人比他厲害了。」

「那還站著乾瞪眼幹嘛，好像在怕什麼似的？妳這女人。我想，我們沒打算彼此批評吧？」

「的確沒有！」迪爾博太太和那個男人一起說。「希望沒有。」

「那好啊！」另一個女人大聲說。「這就夠了。誰會在乎失去那麼一點東西？我想死人應該更不會吧。」

迪爾博太太笑著說：「當然不會！」

「那個缺德的老鬼如果想在死後保住自己的東西，」另一個女人接著說，「在世時他為什麼不對人好一點？那在死神找上門的時候，至少還有人在身邊照顧他，不會孤零零的嚥下最後一口氣。」

「沒什麼比這番話更有道理了。」迪爾博太太說。「那是他的報應。」

「我倒希望報應能夠更嚴重一點。」另一個女人答道。「他實在罪有應得，如果我能多拿一點東西，我一定會拿。把那包東西打開，老喬，幫我估個價。你就直說吧！我不怕當第一個，也不怕讓他們看。我相信，來這裡之前我們就知道這是為自己著想了。這可不是什麼罪。把布包打開吧，老喬。」

但她那兩個朋友也不是省油的燈，穿褪色黑衣服的男人首先發難，拿出他的戰利品。東西不多，只有一兩個印章、一個鉛筆盒、一組袖扣，還有一個不怎麼有價值的胸針，就這樣。老喬一個個仔細檢查估價，用粉筆把每個東西的收購價一一寫在牆上，等到都估完價了，就把金額加總起來。

「這就是要給你的金額了。」老喬說。「就算把我丟進油鍋，我也不會多給你六便士。下一個是誰？」

下一個是迪爾博太太。床單、毛巾、幾件衣服、兩支舊式銀湯匙、一把方糖夾，幾雙靴子。她能拿的金額也一樣寫在牆上。

「我估給女人的錢總是太多。這是我的弱點，也毀了我自己。」老喬說。「這是妳的金額。如果妳想跟我多要個一便士，好好考慮一下吧，我一定會後悔自己那麼慷慨，再扣妳半克朗。」

「老喬，現在換我了。」另一個女人說。

為了方便打開包袱，老喬跪下來，把她打的許多結一一解開，拖出一大捲黑壓壓的東西。

「這什麼啊？」老喬說。「床邊的帳幔嗎？」

「嘿！」那女人笑得身子往前屈，手臂還是交叉擺在胸前。「就是帳幔！」

「難不成他還躺在那裡時，妳就把帳幔跟掛鉤一起拿走了吧？」老喬說。

「對啊。」那女人答道。「不行嗎？」

「妳天生就該靠這行賺錢。」老喬說。「不做妳就難過。」

「只要是可以輕易拿走的東西，我肯定不會手下留情。老喬，我可以跟你保證，對他那種人渣我沒必要客氣。」那個女人冷冷地說。

「喂，可別把油滴到毛毯上。」

「毛毯是他的？」老喬問道。

「難不成是鬼的？」那女人答道。「我敢說，少了兩條毛毯他也不至於感冒。」

「希望他不是死於什麼傳染病。不是吧？」老喬停手，抬頭看著她問道。

「這你大可放心。」那女人答道。「難道我就這麼喜歡陪他？如果他有病，我可不會為了這種東西而留在他身邊。喂！不用再看了，就算你看到眼睛瞎了，也不會看穿那件襯衫。你肯定找不到任何一個破洞或者磨損的地方。那是他最好的一件，質料真的不錯。如果我不拿，還不是會被他們浪費掉？」

「為什麼會被浪費掉？」老喬問道。

「他一定會穿著這件襯衫下葬啊。」那女人笑著回答。「有個笨蛋幫他穿上了，但是我把襯衫脫了下來。如果白棉布襯衫沒有好到可以當壽衣，那麼大概也沒其他用途了吧。而且看起來也挺合身的。穿白棉布襯衫並沒有讓他變得更醜。」

史顧己越聽越驚。這些人坐在戰利品的周圍，身旁只有老喬那盞燈發出的微弱燈光。他盯著他們，心裡的憎恨與厭惡簡直無以復加，好像把他們當成兜售屍體的可憎惡魔。

「哈哈！」那個女人又笑了出來，老喬拿出裝錢的法蘭絨布袋把三個人該拿的錢數好擺在地上。她說：「你們看，結果就是這樣！在世時他把身邊所有人都給嚇走了，結果等他死的時候，反而讓我們撈到好處！哈哈哈！」

「幽靈！」史顧己渾身顫抖。「我懂了，我懂了。我的處境很可能跟那個不快樂的人一樣。唉，我的人生走上了跟他一樣的路。天啊，怎麼會這樣！」

此刻他眼前的場景已經改變，因為幾乎碰到一張床而被嚇得往後退。那是一張空蕩蕩的床，沒有帳幔，只有一條破爛床單好像蓋著什麼東西，儘管無聲無息，但卻用一種可怕的語言聲明自己的存在。

房間裡黑漆漆的，儘管史顧己心裡有股衝動想看清四周，急著要搞懂這是誰的房間，卻看不到任何東西。外面的夜空出現一道暗淡的光線直接打在床上，上面躺著那具已被洗劫一空、沒有任何親人的屍體，無人看顧或為其哭泣，也無人照料。

史顧己瞥見幽靈用他穩固的手指著屍體的頭。床單是隨意蓋上去的，只消輕輕用一根手指去掀開，就能讓屍體的臉露出來。史顧己知道這輕而易舉，也想真的這麼做，但他既沒辦法忽略身邊的幽靈，也不敢掀開床單。

喔，冷酷嚴厲而可怕的死神已在這裡設起祭壇，而且用祢能支配的一切恐懼來當裝飾，因為這裡是祢的地盤！但是如果這死者的頭曾被愛過，被崇拜景仰，他頭上就連一根頭髮也不會受到祢可怕的目的所左右，他的五官不會出現可憎的模樣。儘管他的手變得如此沉重，一被放開就會掉下去，他的心跳與脈搏也都停了，但那是一雙曾經打開的手，慷慨而真切，他的心勇敢、熱情而溫柔，脈搏跳個不停。用力打吧，死神，打吧！祢會看見許多善行從他的傷口湧出，在這世上散播永垂不朽的生命。

史顧己的耳際並沒有任何聲音說出上面那一番話，但是當他看著床上時的確聽到了。他心想，如果這個人現在得以死而復生，第一時間浮現腦海的念頭會是什麼？貪念？商場上激烈的你來我往？還是因為斤斤計較而痛苦萬分？都是這些念頭才會讓他有這種下場啊！

他躺在這空屋裡，沒有任何男男女女或小孩在他身邊說「他曾在某件事上善待我」，或是「我記得他對我說過好話，所以我會善待他」。有隻貓正扒抓著門板，壁爐下方傳來老鼠吱吱喳喳的嚙咬聲。在這瀰漫死亡氣息的房間裡，牠們想做什麼？怎會如此不安騷亂？史顧己不敢細想。

「幽靈！」他說。「這個地方太可怕了。離開後，我絕不會忘記這個教訓，相信我。我們走吧！」

但幽靈的手還是沒動，指著屍體的頭。

「我知道你的意思。」史顧己答道。「我會照做的，如果我辦得到。但是我辦不到，幽靈，我辦不到。」

幽靈好像又低頭看著他。

史顧己用痛苦的聲音說：「如果城裡有誰的情緒因為這個人的死而受到影響，帶我去看看吧，幽靈，我求你。」

幽靈在他身前像展翅似的揮動黑袍，片刻間，在黑袍放下的時候出現了一個白天的房間，一位母親與她的孩子們都在裡面。

焦慮而急切的她正在等人，因為她在房裡走來走去，一丁點聲音都會被驚嚇到；她往窗外看一看，然後瞥望時鐘，想做點針線活卻做不下去，孩子們的玩耍聲幾乎讓她無法忍受。

最後，她聽到期待已久的敲門聲。她匆匆跑到門邊迎接她丈夫。他的臉很年輕，但看來卻憂慮沮喪。此刻他臉上浮現一種特別的表情，似乎因為自己的愉悅而感到羞恥，他極力壓抑那種情緒。

他坐在火爐旁吃起了為他保留的晚餐。他們倆沉默許久，之後她輕聲問起他有什麼消息。他看起來很尷尬，似乎不知該如何回答。

「是好消息？」她說。「還是壞消息？」這算是幫他起了頭。

「壞消息。」他答道。

「我們要倒大霉了嗎？」

「不是。我們還有希望，卡洛琳。」

「如果他願意放我們一馬，」她用驚訝的口氣說，「那我們才有希望。若是這種奇蹟都能發生，那又有什麼是沒希望的呢？」

「他沒辦法放我們一馬了。」她丈夫說。「他死了。」

如果臉部表情真的反應出她內心的想法，那麼她可以說是個性情溫和而有耐性的人；但此刻她只想謝天謝地，而且她雙手交握的說出了自己的想法。下一刻，她祈禱上帝能原諒她，她也感到遺憾，但第一時間的反應已經道出她的心聲。

「昨晚我要去見他，請求寬限一週，結果碰到一個半醉的女人，原本我以為她說的話只是藉口，實際上他不想見我。沒想到她說的是真話，當時他不只是病重而已，根本就是快死了。」

「債權會轉給誰？」

「不知道。不過到那時我們應該就有錢了，就算沒錢，我們也不至於那麼背，又碰到一個跟他一樣無情的債主。今晚我們可以放鬆心情睡覺了，卡洛琳！」

的確如此。夫妻倆的心不再懸著，心情輕鬆了起來。孩子們安靜聚在爸媽身邊仔細聆聽，儘管聽不太懂，但臉色也變得開朗了。死了一個人，屋裡的氣氛卻因此變好了！幽靈帶他來看有誰的心情受到影響，沒想到所有人都表現得更加快樂。

「帶我去看看那些憐憫死者的人吧！」史顧己說。「幽靈，否則我將永遠都忘不了剛剛我們離開的那個黑暗房間。」

幽靈帶著他走了幾條他不用看也會走的街道，沿路史顧己一直在尋找自己的蹤影，但都找不到。他們走進可憐的鮑伯的家，先前史顧己已經去過了，此刻他發現媽媽與孩子們圍在火爐邊坐著。

屋內一片寂靜，鴉雀無聲。克拉奇家那兩個吵鬧的小鬼頭待在某個角落，彷彿雕像般安靜，他們坐著抬頭看彼得，彼得身前擺著一本書。媽媽與女兒們在做針線活，但她們是如此安靜！

「『耶穌領過一個小孩來，叫他站在門徒中間。』」②

史顧己是從哪裡聽到這些話的呢？他不是在作夢。一定是在他和幽靈入門時，彼得唸出來的聲音。他為什麼不繼續唸？

母親把針線活擺在桌上，以手掩臉。

「這顏色讓我眼睛好痛。」她說。

顏色？唉，可憐的小提姆！③

「眼睛好一點了。」克拉奇太太說。「燭光好傷眼。但無論如何，等你們的爸爸回家時，我也不能讓他看到我的雙眼是這麼疲累。他應該快到家了。」

「已經超過他平時回家的時間了。」把書闔起來的彼得答道。「但我想過去這幾天晚上，他走路的速度應該會比以前稍慢一點，母親。」

註②：這句話引自《聖經》〈馬可福音〉。

註③：這裡的意思是看黑色看得眼睛不舒服。他們正在縫製喪服，因為小提姆去世了。

他們又陷入一陣沉默。最後她開口：「我知道他走路時……我知道他走路時，就算讓小提姆騎在肩頭，速度還是很快的。」她的聲音沉穩而有活力，只是顫抖了一下。

「我也知道。」彼得大聲說。「他常常那樣。」

「我也知道！」另一個孩子也大聲說。其他孩子也跟著這麼說。

「但是他體重很輕，」母親接著說，而且又專心做起了針線活，「而且爸爸那麼愛他，所以一點也不覺得麻煩，不麻煩。你們的爸爸在門口了！」

她急著到門邊迎接，可憐的小鮑伯走了進來，脖子上掛著他那條少不了的長圍巾。他的茶已經在爐上備妥，大家爭相幫他倒茶。接著那兩個小鬼頭爬上了他的雙膝，兩人的小小臉頰分別貼著他的左右臉，好像在跟他說：「別在意，爸爸，別難過。」

鮑伯跟他們倆講話時充滿活力，跟其他家人也有說有笑。他看著桌上的針線活，稱讚老婆與女兒們非常勤快。他說，看樣子這些衣服應該可以早早完成吧，禮拜天就可以穿了。

「禮拜天！那你今天去看過了，羅伯？」他老婆說。

「是啊，親愛的。」鮑伯答道。「真希望妳也在場。看到那片綠油油的地，妳一定會很高興。但妳應該有很多機會去走走的，我答應他每個禮拜天都會去看他。我的小兒子！」鮑伯哭喊道。「我的小兒子啊！」

突然間他的情緒潰堤，怎麼忍都忍不住。如果他忍得住，那他跟小提姆可能就不會那麼親近了。

他離開客廳到了樓上的房間，房裡燈光明亮，到處掛著聖誕飾品。

那孩子身邊擺了一把椅子，看來不久前才剛有人進來過。可憐的鮑伯坐下來沉思了一會兒，接著打起精神親一親孩子的小臉。他接受了事實，帶著好心情下樓。

他們聚在火爐邊聊天，母女們還是在幹活。鮑伯跟大家說，史顧己先生的外甥心地善良，儘管先前只見過一次面，但那天在街上碰面時，他看鮑伯有點……「有點沮喪」，於是便問鮑伯為何心情不好。鮑伯說：「他是語氣最為和善的一位紳士，經他一問，我就把家裡的事跟他說了。他說，『我為你，也為你那好妻子感到遺憾。』至於他是怎麼知道的，我就不曉得了。」

「知道什麼，親愛的？」

「當然是怎麼知道你是個好妻子啊。」鮑伯答道。

「這大家都知道。」彼得說。

「說得好啊，兒子。」鮑伯大聲說。「我希望大家都知道。他說：『請幫我問候你的好妻子。如果有什麼我能效勞的，』之後他把名片給我說，『這是我家地址。請一定要來找我。』倒不是因為他能幫我們什麼，」鮑伯大聲說，「而是因為他那麼和善，讓我覺得高興。感覺起來他好像真的認識小提姆似的，所以才跟我們一樣難過。」

「他一定是個好人。」克拉奇太太說。

「親愛的，如果妳看過他或跟他交談過，」鮑伯答道，「妳一定會相信我的話。如果他幫彼得找到一份更好的差事，我也不會太意外。」

「彼得，這真是好消息啊！」克拉奇太太說。

某個女兒大聲說：「那彼得就可以找個伴組織家庭了。」

「別鬧了！」彼得咧嘴笑道。

「也不是沒有可能，」鮑伯說，「總有一天吧。只不過那應該是很久以後的事了，親愛的。但是，無論我們為何分開，何時分開，大家可都別忘了可憐的小提姆，別忘了這是第一次有家人離開我們，好嗎？」

「我們絕對不會忘記，爸爸。」他們都大聲說。

「而且我也知道，」鮑伯說，「親愛的家人們，我知道我們都不會忘記他有多麼寬容乖巧，儘管他年紀還那麼小。我們也別為小事爭吵，吵到把可憐的小提姆都給忘了。」

「不會，我們不會的，爸爸！」他們又大聲說。

「我很高興，」小鮑伯說，「我很高興！」

克拉奇太太親親他和女兒們，那兩個小鬼頭也親親他，彼得則是和他握握手。喔，小提姆是充滿童真的靈魂，是上帝給這家庭的恩賜！

「幽靈，」史顧己說，「我有預感，我們離別的時刻快到了。雖然我不清楚為何知道，但我就是知道。可以跟我說說那床上的死者是誰嗎？」

跟先前一樣，未來的聖誕節幽靈又把他帶到商人群聚之處（不過這次他們前往的是另一個時空，於是他心想，這位幽靈帶他去看的幻象似乎不分時序先後，唯一的共同點是，那些都是發生在未來的事），但並未讓他看到自己。

幽靈並未為任何事耽擱，只顧著一直往前走，好像想走到某個最後目的地，最後史顧己忍不住要求幽靈稍事停留。

「此刻我們疾行的這條巷子，」史顧己說，「正通往我工作的地方。我在那裡工作好久了。我看得見那間屋子，讓我看看未來我會變成什麼模樣吧。」

幽靈總算停了下來，把手指往別處。

「屋子在那裡。」史顧己大聲說。「你為什麼手指著別處？」

幽靈那無動於衷的手指還是沒有改變方向。

史顧己衝往他辦公室的窗邊，往裡面瞧。那還是個辦公室，但已經不是他的了。傢俱變得不同，坐在椅子上的也不是他自己。幽靈的手紋風不動。

他跟上去，心想自己為何不在，究竟去了哪裡？接下來他與幽靈來到了一道鐵門邊。進門前他停下來四處張望。

那是教堂旁的墓園。他想知道身分的那個可憐人如今就在地底長眠。那是一個貨真價實的墓園，四周被房屋包圍，雜草蔓延其間，但種在上面的植物卻了無生機。這片墓地因為安葬了太多人而擁擠不堪，土壤吸收了充足養分，肥沃無比。這是一個貨真價實的墓園！

幽靈站在墓園裡，手指著某一片墓地。他走過去，身體邊走邊顫抖。幽靈長得跟先前一模一樣，但他深怕自己看出幽靈的肅穆身形所蘊含的某種新意。

「在我走到你手指著的那個地方之前，」史顧己說，「回答我一個問題。這些幻象所顯示出的，是一定會發生的事，或只是可能會發生的事？」

幽靈的手還是往下垂，指著他身旁的墓地。

「從一個人選擇的道路就可以看出他的下場，如果道路沒變，下場就是那樣。」史顧己說。「但如果他離開了原有的道路，下場就會改變。你想讓我體悟的就是這個道理吧！」

幽靈仍舊一動也不動。

史顧己顫抖不已，順著幽靈的手指，他看到那遭世人遺忘的墓碑上刻著自己的名字：艾本尼澤．史顧己。

「我就是躺在床上那個人？」他跪在地上大叫。

幽靈的手指從墓地指向他，接著又指回墓地。

「不，幽靈！喔，我不要！我不要！」

幽靈的手仍指著墓地。

「幽靈！」他緊抓著幽靈的黑袍大喊，「聽我說！我已經跟以前不一樣了。經過這番經歷，未來的我肯定跟原來不同了。如果我已經沒有指望，為什麼要帶我看這一幕？」

直到此刻，幽靈的手指才似乎動了起來。

「善良的幽靈，」他跪倒在幽靈身前，「因為你本性善良，所以會為我求情，憐憫我。答應我，如果我改頭換面，也許就能改變你帶我看的這些幻象！」

善心幽靈的手開始抖了起來。

「我會打從心底尊敬聖誕節，試著整年都心存敬意。我會同時活在過去、現在與未來。你們三位幽靈讓我永誌難忘，我會時時銘記你們的教誨。喔，請告訴我，說我可以把這墓碑上的名字抹去！」

痛苦之餘，他抓住幽靈的手。幽靈想甩掉他，但他一邊苦苦哀求，一邊死命抓著幽靈。當然，幽靈的力氣還是比較大，硬生生把他甩開了。

他舉起雙手，最後一次懇求幽靈改變他的命運。此刻他看見幽靈的頭罩與黑袍逐漸有了變化。幽靈身形開始縮小，黑袍整個垮了下去，最後幽靈縮小成一根床柱。

5 尾聲 The End of It

沒錯！而且那是他的床柱。床是他的，房間也是他的。最棒也讓他最快樂的是，眼前他還有許多時間能運用，他可以彌補過錯！

「我會同時活在過去、現在與未來！」史顧己滾下床複述自己的話。「三位幽靈讓我永誌難忘。喔！雅各・馬利！感謝老天與聖誕節！我是跪著說的，老雅各，我是跪著說的！」

他一心行善，激動不已，而且容光煥發，嘶啞的聲音幾乎不聽使喚。先前他在與幽靈拉扯時也曾痛哭流涕，此刻滿臉是淚。

「帳幔沒被拆下，」史顧己大叫著，他把其中一面床邊帳幔抱在懷裡，「帳幔沒被拆下，還有鉤環什麼的都是。東西都還在，我也還在，那些未來的幻影是可以被抹去的。可以，我就知道可以。」

他的雙手把身上衣服扯來扯去，把內裡翻出來，倒過來穿，用力拉扯，四處亂丟，彷彿讓衣服跟他一起瘋狂慶祝。

「怎麼辦啊！」史顧己同時大笑大哭大叫，他把長襪纏在自己身上，扮起了希臘神話人物拉奧孔（Laocoön）。「我渾身輕飄飄的跟天使一樣快樂，像孩童那樣愉悅。我跟醉漢一樣頭暈目眩。祝大家聖誕快樂！祝世人新年快樂！哈囉！哇哈！哈囉！」

他手舞足蹈的來到客廳，站在那裡氣喘吁吁。

「裝燕麥粥的鍋子在那裡！」史顧己又開始在壁爐四周蹦蹦跳跳。

「馬利的鬼魂進來的那個門也在！今日聖誕節幽靈就是坐在那個角落！我看到遊蕩幽靈的窗戶在那裡！我沒事了，那些事都是真的，都發生過。哈哈哈！」

對於一個多年來未曾大笑的人來說，他這一笑實在燦爛無比，非常開懷。而且一旦開始笑，簡直停不下來！

「我不知道今天幾號了！我不知道我跟三個幽靈在一起多久。我什麼都不知道。我就像重獲新生。我無所謂也不在乎，我寧願自己是個新生兒。哈囉！哇哈！哈囉！」

欣喜若狂之際，陣陣鐘聲傳來，那是他聽過最宏亮的鐘響。鏗鏘有力，叮叮噹，叮叮噹！喔，鐘聲是如此美妙，美妙極了！

他衝到窗邊，把頭從窗口探出去。沒有煙霧，天色清澈明亮，給人一種愉悅而有活力的感覺，但是很冷，冷到血管裡的血好像也跳起舞來了。陽光如黃金閃耀，天空美極了，空氣清甜，鐘聲悅耳。喔，如此美妙，美妙極了！

「今天是什麼日子？」史顧己對著樓下一個盛裝的男孩大叫，那男孩八成是溜進院子看他怎麼了。

「啊？」男孩答道，感到納悶不已。

「今天是什麼日子？小朋友？」

「今天？」男孩答道。「聖誕節啊。怎麼了？」

「聖誕節！」史顧己自言自語。「我還沒錯過。三位幽靈在同一晚把所有事情都完成了。他們想做什麼就能做到。當然，他們當然可以了。哈囉，小朋友！」

「哈囉！」男孩也對他說。

「你知道隔兩條街的街角有一間雞鴨店嗎？」史顧己問他。

「還好我知道。」男孩答道。

「聰明的孩子！」史顧己說。「你太棒了！你知道掛在店裡賣的那一隻上等火雞還在嗎？不是小的，我是說那隻大的火雞。」

「什麼？跟我一樣大的那隻嗎？」男孩答道。

「你這孩子真可愛！」史顧己說。「跟你講話可真有趣。沒錯，我的孩子！」

「現在還掛著。」男孩答道。

「還在嗎？」史顧己說。「去幫我買下來。」

「你騙人！」男孩大聲說。

「不，我沒有。」史顧己說。「我是說真的。去幫我買，叫他們先拿過來，我再跟他們說要送到哪裡去。如果你把人帶來了，我就給你一先令。如果五分鐘之內到了，我給你半克朗！」

男孩一溜煙狂奔而去。如果要射一支箭趕上他，弓箭手的手就算再怎麼穩，速度大概也只有他的一半而已。

「我要把火雞送到鮑伯．克拉奇他家。」史顧己搓著手喃喃自語，開懷大笑。「他一定不知道是誰送的。那火雞有小提姆的兩倍大。我真是跟鮑伯開了一個大玩笑，連喬伊．米勒也想不出來的玩笑！①」

寫地址時，他的手不太穩，總之還是寫完了。接著他下樓打開大門，準備迎接雞鴨店的人來臨。他站在那裡等待著，門環吸引了他的目光。

註①：喬伊．米勒（Joe Miller）為十八世紀初的英國喜劇演員。

「只要我還活著，我就會好好愛護這門環。」史顧己大聲說著，用手拍拍門環。「過去我幾乎不曾看它一眼。門環上那張臉的表情多麼真摯！這是個很棒的門環。火雞來了！哈囉！哇哈！你好嗎？聖誕快樂！」

是一隻火雞！火雞的身體大到幾乎無法站立。彷彿牠如果站上個一分鐘，雙腳就會像兩根封蠟棒那樣折斷似的。

「啊，你怎麼可能把火雞扛到坎登鎮去？」史顧己說。「一定得叫一輛車。」

不管是說話、付火雞的錢與車錢，或是拿打賞的錢給男孩，他都咯咯笑著，到了後來只能氣喘吁吁坐在椅子上。不過他笑得更大聲了，笑到哭了出來。

因為手抖個不停，連刮個鬍子都不太容易，即便刮的時候他並未手舞足蹈，還是要非常小心。不過，就算他真的用刮鬍刀削了一塊鼻頭肉下來，他還是會高高興興貼上一塊膠布了事。

史顧己穿上最好的衣褲，終於走到街上去。此刻的街道就像他跟今日聖誕節的幽靈看到的那樣人來人往，他把雙手擺在身後，臉上掛著愉悅的笑容，仔細看著每個人。

總之，他看來是如此笑容可掬，有三、四個和善的行人對他說：「先生早安！祝你聖誕快樂！」事後史顧己常說，那些問候簡直就像人間仙樂一般悅耳。

史顧己沒走多遠就碰見前天到辦公室去募款的福態紳士，當時他還說「我想這是史顧己與馬利公司吧？」史顧己一想到這位老紳士看見自己會有什麼觀感，心裡就感到一陣刺痛。但他知道接下來該怎麼做才對，於是加快腳步追了上去。

他用雙手抓住那位老紳士說：「這位先生，您好嗎？希望您今天募款順利。您真是個大好人。祝您聖誕快樂啊！」

「史顧己先生？」

「是的。」史顧己說。「我叫史顧己，恐怕您聽到我的名字時並不會太高興，容我請求您的原諒。不知道您是否能行行好……」說到這裡，史顧己在他的耳邊低聲說了幾句話。

「上帝保佑！」那位紳士大聲說道，好像突然喘不過氣來。「親愛的史顧己先生，您是說真的？」

「如果您願意接受的話。」史顧己說。「一毛也少不了。不過裡面確實有一大部分只是補足以前的欠款。不知您意下如何？」

「親愛的先生，」老紳士邊說邊與他握手，「我真不知該說些什麼，您實在太慷……」

「請您什麼都不用說。」史顧己答道。「來我辦公室一趟吧。您會來嗎？」

「我會！」老紳士大聲說。顯然他是真心誠意的。

「感謝您。」史顧己說。「我真是太感激了。該跟您說五十次謝謝。上帝保佑您！」

他到教堂去，在街上閒晃，看到許多人都在趕路。他拍拍小孩的額頭，跟乞丐攀談，往下看著家家戶戶的廚房，抬頭看窗口，竟然發現舉目所及的一切都能讓他高興起來。他作夢也想不到，不管是走路或做任何事情，居然可以帶給他那麼多快樂。到了下午，他往外甥家的方向前進。

他經過了門口十幾遍，最後才終於鼓起勇氣上前敲門。他一口氣衝了上去。

「妳家主人在家嗎，親愛的？」史顧己對一位女孩說。那女孩很漂亮，漂亮極了！

「先生，他在。」

「那他人在哪裡呢？」史顧己說。

「在餐廳，跟太太在一起。我帶您上樓，請往這邊走。」

「謝謝妳。他認識我。」史顧己說，他的手已經按在餐廳門邊了。「我自己進去就好。」

他輕輕轉動門把，側著臉往門裡探頭。裡面的人都望著餐桌，桌上擺滿了各式菜餚。因為這些年輕的主婦們在類似場合總是很緊張，希望一切都能安排妥當。

「佛列德！」史顧己說。

天啊，他這麼一叫，把他的甥媳婦嚇得跳了起來！其實史顧己忘了她正坐在角落的小凳子上，否則他無論如何都不會大呼小叫的。

「我的天啊！」佛列德大叫。「這是哪位？」

「是我。你的史顧己舅舅。我來吃晚餐的。可以嗎，佛列德？」

當然可以！外甥使勁跟他握手，差點沒把他的手握斷。五分鐘內，一股賓至如歸的感覺油然而生，所有人都對他熱情無比。甥媳婦的模樣沒變。塔波、胖姐妹和其他人陸續到了，大家看起來都一樣。從餐宴到遊戲，一切是如此美好，氣氛和諧快樂！

但是，他心裡想著的是明天要早點去辦公室。喔，他一定要早到。如果他能先到，鮑伯．克拉奇遲到時被他當場抓到就好了！他心裡這麼盤算著。

而且，他的確先到了，沒錯。九點的鐘聲響了，鮑伯沒出現。過了一刻鐘，鮑伯還是沒來。史顧己打開房門坐著，希望能看到鮑伯走進他的小房間。

鮑伯遲到了整整十八分鐘三十秒。開門前他就把帽子與長圍巾脫下來了，一進門他立刻坐上小凳子振筆疾書，彷彿要把錯過的時間給補起來。

「哈囉！」史顧己大聲咆哮，盡可能裝出以前那種可怕的聲音。「搞什麼？為什麼拖到現在才來？」

「老闆，很抱歉。」鮑伯說。「我遲到了。」

「遲到？」史顧己說。「你的確遲到了。你給我過來。」

「老闆，我一年也才遲到一次。」鮑伯走出小房間，用懇求的語氣說著：「下不為例。昨天我過得很快樂，老闆。」

「我說啊，老朋友。」史顧己說。「我再也不能忍受這種事了。所以呢，」他說著說著從凳子上跳了起來，在鮑伯的背心上用力戳一下，戳得他再度跌回小房間裡。「所以我要幫你加薪！」

鮑伯渾身顫抖，稍稍往桌上那一把尺靠過去。一時間他還真想用尺把史顧己打倒抓起來，向院子裡的人呼救，叫人拿一件精神病患穿的緊身衣過來。

「鮑伯，聖誕快樂啊！」史顧己說，他的態度真切無比，還拍了拍鮑伯的背。「我的好夥計，我要給你一個多年來未曾有過的快樂聖誕節。我會幫你加薪，也想幫助你那些辛辛苦苦的家人。今天下午我們就一邊喝熱果子酒，一邊討論你的事吧，鮑伯！先把火生起來，在你繼續

「史顧己與鮑伯 · 克拉奇」
（“Scrooge and Bob Cratchit”or” The Christmas Bowl”），
John Leech, 1843

幹活之前先去買一簍煤炭，鮑伯・克拉奇。」

史顧己不只做到他承諾的那些事。他信守承諾，而且做的比說的還要多。

小提姆沒死，而且史顧己簡直變成他的乾爹了。他成為一個好朋友、好老闆和好人，不管在倫敦這個古城，或是其他大大小小的古城古鎮，還有全世界，他都聞名遐邇。

有些人嘲笑他的改變，但他只是笑罵由人，不太在意，因為他夠聰明，知道這世界上的所有好事一開始總會受盡世人嘲笑。他也知道那些人總是盲目的，在他看來，與其讓他們罹患一些會使容貌憔悴的病，倒不如任由他們笑到咧嘴瞇眼。只要他自己心裡也開懷大笑就好了。

事後他不但滴酒不沾，也不再去沾染幽靈了。人們總是說，如果這世上有人真的懂得怎麼過聖誕節，那肯定非他莫屬了。但願我們也都懂，每個人都懂！

最後，容我引述小提姆說的一句話：上帝保佑我們每一個人！

全文完～

國家圖書館出版品預行編目

小氣財神：彰顯寬容與愛的狄更斯典 / 狄更斯 (Charles Dickens) 著 ; 陳榮彬譯 . -- 初版 . -- 新北市 : 木馬文化出版 : 遠足文化發行 , 2016.06

譯自 : A Christmas carol
ISBN 978-986-359-243-3(平裝)

873.57 105006496

小氣財神

彰顯寬容與愛的狄更斯經典

A Christmas Carol. In Prose, Being a Ghost Story of Christmas

---

作　　者：查爾斯・狄更斯（Charles Dickens）
譯　　者：陳榮彬
社　　長：陳蕙慧
副 社 長：陳瀅如
責任編輯：李嘉琪
封面設計：陳文德
內頁編排：優士穎企業有限公司
出　　版：木馬文化事業股份有限公司
發　　行：遠足文化事業股份有限公司（讀書共和國出版集團）
地　　址：231新北市新店區民權路108-4號8樓
電　　話：(02)2218-1417
傳　　真：(02)2218-0727
E-mail：service@bookrep.com.tw
郵撥帳號：19588272木馬文化事業股份有限公司
客服專線：0800221029
法律顧問：華洋法律事務所 蘇文生律師
印　　刷：通南印刷股份有限公司
初　　版：2016年6月
初版六刷：2023年10月
定　　價：250元
ISBN：978-986-359-2433
木馬部落格：http://blog.roodo.com/ecus2005
木馬臉書粉絲團：http://www.facebook.com/ecusbook

線上讀者資料回函
請給我們寶貴的意見！